U0040789

# 達賴喇嘛的貓 4

## 修得成就的
## 四爪之書

THE DALAI LAMA'S CAT
AND THE FOUR PAWS OF SPIRITUAL SUCCESS

大衛・米奇
DAVID MICHIE

# 敬獻

衷心感激我珍貴的上師們：

雷斯．希義（Les Sheehy）是靈感與智慧的非凡泉源；

格西．阿洽爾亞．撒波騰．羅登（Geshe Acharya Thubten Loden）大師，舉世無雙，是佛法的化身；

若塞．土爾庫仁波切（Zasep Tulku Rinpoche）是珍貴的金剛上師，也是瑜伽師。

上師即佛陀，上師即佛法，上師即僧伽，上師即一切幸福的泉源。

我全身伏地頂拜、皈依並供養所有上師。

願我從上師那裡汲取到的湧動靈感可以透過本書傳遞到無數眾生內心。

願眾生都享有幸福，以及幸福的真實成因；

願眾生都擺脫苦難，以及苦難的真實成因。

願眾生永不脫離無苦無難的幸福、涅槃解脫的極樂；

願眾生常住於平靜與等持，擺脫依戀、執著、冷漠之心。

# 目錄

# 前言

親愛的讀者，您好奇嗎？若您發現方才緩步經過之處，其實有個凹處為窗簾所遮掩，那麼您的本能是回去把窗簾塞好，還是說，您會推開窗簾鑽進去瞧瞧那背後都有些什麼呢？

若您沿著一條熟悉的街道走著，來到了一扇門前，這扇門自您有生以來就一直緊閉著，但今日卻是半掩半開，那您會停下腳步往裡頭好好地、久久地瞧上一瞧嗎？或最少最少也要偷偷地瞄上個一眼？然若那門通向一條神祕長廊，又接著引向一處神祕庭院，或是一個有燈光的內室，裡面滿滿都是迷人的手工藝品，您是否會受引誘而入內一探究竟？

噢，您無需回答。我已經知道你的答案了。這是您與我之間——我們的共同之處。您不是那種讀者，而我也絕不是那種貓——只消平庸日常即可滿足。我們都有追根究底的心，不是嗎？我們都會問問題。發現東西。只要在房間中央放個剛剛才清空的紙箱，我們就會是第一個跳進去的。

而且我講話都不只是字面上的意思而已。您心裡頭也做如是想吧。這是您與我之間——我們都有的另一個共同之處——都希望在探索深度極致的可能性之外，同時也能獲得樂趣。請問，您明明可以同時在兩個層次上交流的，為什麼只在單一層次上溝通呢？那樣做有何樂趣可言？

在我們好奇的所有主題當中，最能令貓尾巴陡然立正、貓鬚明確抖動的，當然是與我們貓生的基本意義、最大福氣相關的主題囉。親愛的讀者，那就是我們的命運是什麼？在此貓生，以及未來生生世世當中要如何掌握命運？我們的內心本質果真是光明、無限又尊貴的嗎？若真是如此，我們平日裡要如何經驗到這個非比尋常的實相？

我們貓族可以從不同地方找出此類問題的答案。「喜馬拉雅．書．咖啡」（The Himalaya Book Café）就是這樣一個充滿大智慧的地方，也是這世上我最喜歡的場所之一。就在我與尊者同住的尊勝寺（Namgyal Monastery）前面那條路往下走不遠，這個愉悅的複合式空間裡有好多書櫃，是靈性及祕教讀物的大寶庫。在眾多書名當中，您會發現全球暢銷書都有類似如下的書名：什麼什麼的六個法則、什麼什麼的七個習慣，或什麼什麼的八個定律。

光是看到這種書名就讓我有該小睡一會兒的心情。我有時候想，若要將所有那些誠摯之作一一讀畢得花多少精力呀？若要記住其中所有內容呢？再說了，若要將這些法則、習慣和定律應用到自己的生活裡呢？大家真的都會用這種行動清單不斷檢視自己的生活嗎？而書架上每出現一本這類新書時，清單上的行動項目是否會越來越多？

這一切好像都太複雜了。不見得要這樣啊。因為我日復一日坐在窗台上，聆聽尊者為無數訪客奉獻他的智慧，但他從來都不複雜的。賓客們離開尊者會客室時，手上不會緊抓著什麼人生處方箋，逐項列出這種的要六個，再加上那種的要七個，好似手上必得有個氣泡袋，裡面裝著每天要攝取的五顏六色膠囊似的。相反地，達賴喇嘛的建議通常都很簡單。正如某隻名貓（其實就是本貓）曾經說過的，「簡單，正是最極致的複雜」，不是嗎？

對一隻追求開悟的貓來說，與其冒險前往「喜馬拉雅．書．咖啡」一探最新一批進口食品的究竟，還不如就呆在家裡頭為好。我可以攤開四肢，躺在我最愛的二樓窗台那斑駁的陽光裡，還可以監督底下在尊勝寺廣場來來往往的熙攘人群。那裡就是最有利的戰略要地，花最少的力氣即可獲得最大的監督成效。

多年來，外頭的季節流轉變化，而我仍端坐在此一要地，同時偷偷聽著尊者在室內的談話。多年來，我也一直接收到各種溢美之詞，說我這雙藍寶石眼睛有多迷人，我這張深灰色的臉龐有多高級，奶油色大衣又有多華麗，還有我擺動這把灰色調尾巴時有多逗趣。

達賴喇嘛把我從鬼門關前救回來時，我只不過是隻不成貓形的小可憐，當時，尊者住所中所有東西都是新奇有趣的。在最初的日子裡，我的活動空間僅限於二樓，但是一隻小小貓再怎麼有好奇心，那地兒也算相當大了。如今七年過去了，我早就對尊者的住所，甚至是尊勝寺的每個角落和縫隙都瞭若指掌，更不用提附近所有最好玩的出沒點了。這些現在全都是我熟悉的領地。

最近，我慢慢意識到，雖然我從沒打算這樣做過，但是我與自己內在持續的對話也同樣地熟悉了。我剛來的日子裡，每一位到訪的王子、總統或流行歌手都讓我好奇不已，而他們帶來的問題，我總覺得好陌生、很不熟悉，就像我還是隻小小貓，剛剛來到達賴喇嘛的住所時那樣。

七年過去了，我逐漸領悟，無論他們問尊者什麼問題，答案始終都是根據相同主題所衍生出來的變化。

然而，我竟不覺得這些教導無聊，真相反而是：我越瞭解這些教導，我的觸動就越深刻。每當我聽到達賴喇嘛以他獨特的男低音解說著「慈悲心」的價值時，我都覺得自己的確與這些特質有共鳴，就好像他在傳遞這個想法時，也讓這些特質顯化出來了。

每當他仰頭大笑（他常這樣做），他也同時釋放出我內心的歡喜，無論房間裡還有誰，這都是可以明顯感受到的。每當他解釋「滿足感」與「內心平靜」之道時，那種深刻的幸福感總令我無比驚喜，真希望這種幸福感可以像漣漪般擴及每一個擁有軟毛、羽毛或鰭的靈魂，也擴及我們這個星球上那些相對少數、無軟毛、羽毛或鰭的靈魂，讓大家都能瞭解自己的真實本質正是一個具體且無所不在的真理。

而我也開始理解到另一件事：為什麼有這麼多人要找達賴喇嘛，其原因不見得是他所說的內容，而是他給人們什麼樣的感覺。言語和見地或許很重要，因為這些內容會讓人想到他之所以是他的原因。語言和見地讓我們看見該怎麼培養出相同的品質，讓我們可以像他這麼有魅力。很久以後，人們不會記得尊者說過的每一個字，但他們會永遠記得他碰觸過他們的心。他們會為了這份感動而愛他。

通常，訪客在面會尊者的尾聲時會問：想要瞭解藏傳佛教的話，應該讀哪一本書。達賴喇嘛可能會送他們一本他推薦的書，例如寂天（Shantideva）的經典之作《入菩薩行論》（Guide to the Bodhisattva's Way of Life）。或者，他會推薦另一本，也可能請他的某位行政助理在陪同訪客離開時提供更多詳情。

他的賓客們是否真的會去閱讀這些書，這其實是個有趣的問題。因為在要求推薦書籍時，他們好像是在索取一份紀念品，一件伴手禮，一種可以把因尊者在場而點燃的特別火花維持下去的東西。

某日近晚約五點左右，尊者的兩位行政助理來到他的辦公室要開個日常檢討的小會。擔任達賴喇嘛翻譯官的英國人——奧力佛（Oliver）與往常一般，早已備好了三杯綠茶。尊者的寺院事務顧問兼優秀外交官——丹增（Tenzin）則與奧力佛同坐在沙發上，與尊者面對面。我則是在尊者身旁的扶手椅上攤開四肢仰臥著。

丹增報告說：「我們把您指定的書送給那位美國客人了。」當天下午一開始有位著名的脫口秀節目主持人來訪。

達賴喇嘛沉思了片刻，然後聳聳肩。「那本書很有用處，或許他會讀，但是對他來說，也許不是最理想的。」

坐在沙發上的奧力佛和丹增互望一眼，頗有深意。關於要送客人書這件事，他們多年來已經討論過不少次了。

身為西方人的奧力佛是達賴喇嘛身邊的人當中個性最為直率的。坐在沙發上的他傾身向前問道：「尊者，理想的書是什麼樣子的書？」

達賴喇嘛邊沉思邊點著頭說：「理想的書必須包含成佛之道的關鍵要素。」他用雙手在他自己面前畫了一個圈圈。他列出了那些我早已熟悉的主題，我數了數這些主題，一共有四個。

「算是入門書？」奧力佛問道。

尊者舉起右手，略表告誡之意。「但不能過度簡化。」他看著奧力佛時，眼中透出淘氣的神色。「你們西方人並不是一九六零年代時我們藏人所以為的野蠻人啊。」

他們全都笑了起來。起初，西藏喇嘛們從喜馬拉雅山後方現身並前往歐洲、美國和澳洲時，他們都以為西方人沉迷於唯物主義，對心性訓練的微妙之處是不會有興趣的，更不用說要探索自身意識裡的真實本性了。

他們後來發現的事情卻讓他們無比駭異。

「要高水準，但不是把讀者當成笨蛋、低能化，是嗎？」奧力佛問道。

「對，而且……」尊者繼續說道：「這本書應該包括對神祕事物的解釋，」他輕輕笑了起來。「你是說要像甲骨文那樣？」奧力佛咧嘴笑問。「心電感應？」

我轉過頭去，想聽得更仔細些。達賴喇嘛邊笑邊點了點頭。

「像星際旅行之類的？」奧力佛繼續說。

我注意到丹增並沒有參與這段對話。他在同為行政助理的同事身旁端坐靜默，彷佛已經融入背景之中，並因沉默而讓自己從對話中自動移除了。

這時，尊者直接看著奧力佛說：「我有這麼多本書都是你翻譯的，或許你可以寫這本書？」

在那一瞬間，我意識到為什麼丹增一直都保持靜默了。

奧力佛開始咳嗽起來，臉色也轉為慘白。「尊者！」他氣急敗壞地嚷嚷。

「這些主題你都很熟啊。」

「對，但是……」奧力佛又不受控地喘起來。這位專業譯官說起話來通常毫不費力，且能講出事情最細微、最複雜的始末，要把他弄得語無倫次可真是不尋常啊。

他彎下身子，大喘著吸氣時，達賴喇嘛則調皮地眨了眨眼睛，還看了丹增一眼。

「你可以想個書名，那種……」他試圖說出某個詞彙。

「琅琅上口的？」丹增提示道。

「對。就像機場書店裡那種。」

尊者因為需要不斷旅行，所以機場書店是他很熟悉的地方。達賴喇嘛望了我一眼，似乎讀懂了我的心思——這也不是第一次了。

「什麼、什麼的六個法則！」他抓住座椅一邊的扶手說道，然後哈哈大笑起來。

奧力佛從咳嗽中緩過氣來後，意識到自己被捉弄了。有點啦，但其實也不能真的說是作弄。他仔細想好了他要說的話才開口道：「理想的書應該要解釋藏傳佛教的各大主題。要有大家都覺得很神奇的內容，好比轉世等等。但這還不夠。」

達賴喇嘛揚起雙眉。

「大家想要的，比什麼都想要的，不僅僅是您的智慧，而是您給他們的感覺。我們需要用某種方式傳遞出有您臨在的感覺。」

我馬上就能理解聰明的奧力佛這樣說是何用意了。他說：「要做這件事，我很確定我並不是合適的人選。」

尊者沉思了好一會兒才問：「那誰是呢？」

我決定該吃晚餐了，於是在扶手椅上翻來覆去，把雙腿伸到最開之後，還來個華麗的全身抖。

我這個策略動作就像奧力佛的看法，都很精妙，但我也必須承認，時機也都不太妙。桌子周圍的三名男子都笑了起來。「我覺得現在有志願者喔，」達賴喇嘛輕輕笑道。

「或許也有個好記的書名了？」奧力佛提議道，他指向我極致伸展的四肢。「修得成就的四爪之書！」

他們全都大笑起來，等到尊者開口說話，這才止住，「這書名還不賴。畢竟，藏傳佛教之道是可以說包括有四個特別的面向，也就是我們要加以實踐的四種修行。」他指向牆上所掛的釋迦牟尼佛美麗形像喃喃說道：「每次看到這位開悟靈魂的代表，我們就會想到這四種修行要素。」奧力佛和丹增都點著頭，神情莊重。

我看向掛在牆上的畫。會讓我們想起四種修行要素？我想不到啊，有嗎？

當天晚上，我把四爪整齊地收攏在身體下方，坐在床上歇息，而達賴喇嘛就在我旁邊靜坐。這是一天當中我最喜歡的一段時光，只有柔和孤燈照亮我們的房間。尊者強大又溫柔的慈悲能量遍及整個空間，甚至遍及尊勝寺，也涵蓋了遠方陌生的土地與領域。當他的冥想焦點轉為慈悲之愛時，我開始輕柔地發出咕嚕聲，並持續叫到他結束冥想。

然後他會伸手來撫摸我。「我的小雪獅啊，他們說得對，」他永遠只用這個非常特別的名字呼喚我。在西藏，雪獅是無畏、強大和歡喜的象徵。「妳是聽得懂的。」

我的咕嚕嚕越來越大聲。

「妳聽我講話已經聽了好幾千個小時囉，」他繼續用手指頭按摩我的臉，我喜歡那樣。「要分享出來的這些智慧妳都懂。最重要的是，」他俯身下來在我耳畔輕聲低語道：「妳還知道如何把慈悲的愛傳遞出去哩。」

我的呼嚕聲漸強，來到最高音時，我轉身直接迎向他的目光——要我們貓族給予這般禮遇是極為罕見的。

「如果妳能讓別人的這裡有感覺，」他用手摸著心臟位置。「那就太棒了！」

親愛的讀者，這就是您手上這本書的由來。本書和達賴喇嘛的深厚智慧一樣，都是來自一份想要傳遞出那種活力滿滿的臨在、那種感覺的心願。

然而，若我能讓您在這一剛開始就得知一個祕密的話，那個祕密就是，人們在尊者的臨在中經常感受到的、如海洋般的幸福感其實並非從他身上而來。他是推動者，若您願意，他也可以是催化者。他的內心如此純淨，完全擺脫了「自我」，所以他的所作所為會把他身邊的人——他們自己的原初本性反射出來。也就是把這些人他們最高版本的自己反映出來。

如果您想知道一隻貓，一隻身體上有缺陷、心思又複雜（卻有驚人美貌）的貓是如何透過書頁來傳遞一個開悟者——菩薩——的臨在，那麼請允許我坦白對您說，我在此處唯一的工作就是給您一面鏡子。一種特殊的鏡子。這種鏡子所反射出來的並非你鼻子的輪廓或眉毛的弧度，而是您更深一層的真實身分及天命。這面鏡子會滲透到「表面角色」之下，而您無疑是太熟悉這個表面角色了，以致於都看不到常住其內的意識實相。

這樣的反射或許是您不熟悉的。這種反射甚至會冷不防地嚇您一大跳。仔細去觀察——不必害怕。若您曾經疑心那是什麼，您會發現的是，自己的真實本質與那些暫時模糊焦點的瑕疵和缺陷完全不同。自我批判可能會驅使您只專注在自己的缺點上，讓您覺得這種污點是永遠都洗不清的。但真相很簡單，那就是「出現在您腦海中的這一切都只是暫時的」。飛快流逝。而您的意識則像流水一般，不會永遠都是受污染的狀態。

一如本書隨後將會探討的，這令人心生歡喜的真實是——您的「心」具有「不朽」的特性，這點與您原先設想的可能大不相同。其實，您的意識既光明又無限，能容許任何念頭或感覺升起、持續並消逝。一旦您能穿越任何在表面上時而發生的動盪，您的心這種平穩的特質其實可以有如海洋般廣闊無垠。

如果我說的這些話跟我這身奢華皮草一樣闊綽，那麼，親愛的讀者，請讓我再添上最後一筆吧。從本質上講，您是生命，您的原始本質無非是純粹大愛，以及純粹大慈。我的本質也是啊！

# 第一章　憤怒和執著

## 達賴喇嘛說：我要告訴你「不執著」的祕密禮物

我簡直不敢相信自己的眼睛！此刻在尊勝寺大門口市集，帕特爾（Patel）先生的攤位下方坐著的，不正是全達蘭薩拉（Dharamshala）最有派頭的鯖魚條紋虎斑貓嗎！那裡正是從我的二樓觀景窗台最初見到他的地方啊。

真會是他嗎？我那些小貓咪的父親曼波（Mambo）？在我還是個情竇初開的時尚少女貓時，那個曾經出現在我生命中，而後卻像個謎一般消失的高帥猛男貓嗎？

我加快了腳步，這可得費不少功夫。我在「喜馬拉雅・書・咖啡」度過了今日下午時光，而從書店外面那條街回家的路則相當陡峭。我已不再青春年少，我兩隻後腿真的痛到不行了。

我幼小時曾經跌落到人行道上，從此以後，後腿就一直巍顫顫地靠不住。這雙總是讓我覺得不舒服的腳，最近甚至開始有灼痛感。

我忍著痛，儘可能快步走向寺門。那裡有僧侶們進進出出，市集裡眾多攤位就直接在寺門外交易，這種一般的熱鬧市況，隨便一隻貓都很容易溜出我的視線範圍，尤其是像虎斑貓那麼擅於偽裝掩藏的就更容易了。

我加快速度，在那排攤子後方低頭疾行。我朝著帕特爾先生的攤位前進，就在那排的最後一攤。我掃視著好多移動的雙腳、長袍和紗麗服，試圖掌握這名不速之客的蹤跡。

但是他已經不在那裡了。也不在附近他以前爬過的樹幹上。我停下腳步，環顧四周，真不知道下一步該往何處去。

忽然間，就在我右側幾英尺遠的一個垃圾箱後面傳來一聲低沉喝斥。那聲音裡充滿了威脅感。瞬間，我一身皮毛全豎了起來。我覺得天旋地轉，幾乎失去平衡，我竟要與一隻兇惡的虎斑貓正面對決。他絕不是曼波。他一張野蠻臉，皮毛剛硬扎手，完全只想要侵略。

我露了露尖牙。他再次發出了令人寒毛直豎，也更大聲的警告後，便縱身往前一躍。他現在離我只有幾英寸的距離了，我們完全在徒手搏擊的範圍之內。

我的本能開始啟動。我抬起右爪，給他大吼回去。在帕特爾先生攤位上的人們轉過身來，響起各種驚慌失措的呼喊。

這名侵略者在挑戰此地的支配權，他用無比仇視的眼神死盯著我。他年輕，動作靈活，毫無疑問地，他也相信怎麼打他都會贏我。

但我可沒讓步。我以前就被追殺過，早已學會了不能在威脅訊號一出來就逃跑。但我的抵抗好像只會更進一步激怒他而已。他怒氣沖天，伸出巨爪，揮拳就要巴我的頭。

人們在尖叫。接下來我就當機了！突然一陣又溼又冷的感覺。有很多人用腿擋在我和那虎斑貓之間。有人朝我們潑了一盆水。霎那間，又有人將我一把抱起，帶回尊勝寺大門內，接著又把我安置在廣場上。我看向門外，果然那虎斑貓被強行驅離了。

我是公認的「達賴喇嘛的貓」，這的確有些優勢。

即使全身皮毛溼透，驚魂未定，我仍使盡全力維持住最大的尊嚴，穿過廣場走回到我的住所。現在，四個爪子全都劇烈疼痛，彷彿正在燒熱的煤炭上行走。

我繞著這建築物走到了一樓的某個窗子，這裡一向保持打開的狀態，方便我私下出入。一進到裡面，我就停下來梳理自己。潑到我身上的水應該是某人煮午餐米飯的水，那水黏糊糊的，有澱粉味，舔了一口還真想吐。我抬起前爪摸摸臉，感覺到剛剛那名入侵者用爪子抓過的地方有點擦傷——幸好，我的厚毛大衣保護了我免得受傷更重。

幾分鐘後，我便上樓到我與尊者同住的房間。一般正常的日子裡，這裡面滿滿都是溫暖與善意。但是今天幾處房間裡都很安靜、光線昏暗。達賴喇嘛在外地旅行，可能還要幾天才會回家。

那一夜，我坐在窗台上，靜觀暮色落在尊勝寺廣場，遠眺市集裡帕特爾先生的攤位邊上照明的綠光，我真的替自己感到非常、非常的難過。

數日後，尊者回到家中，生活的腳步即刻恢復往常輕快的節奏。達賴喇嘛近中午才到家，所以沒空先來問候我，而奧力佛早已在他辦公室候著，要向他簡單介紹共進午餐的賓客們，時間只剩下不到一個小時。

當天聚會的主題是「數位時代的佛法」，若您沒什麼急迫的事情要擔心，那麼這個話題還算是有趣。但我心底肯定是有事的。

別的先不說，我最討厭的那隻虎斑貓攻擊我，讓我到現在仍惴惴不安——我從來沒被另一隻貓這樣威脅過。尊勝寺的腹地大半沒有其他貓族出現，因此只要我一直住在這裡，這裡就是我的私領地。現有另一隻貓出現，而且還表現出這裡是他的領地這種舉動，這是我最不樂見的局面。

當前最急迫的則是我一走路就刺痛不已。這種疼痛是自從虎斑貓襲擊我那天開始的，真是不吉利。而且隨著一天天過去，還越來越痛。有幾次走去「喜馬拉雅・書・咖啡」的路上，我飽受折磨，心裡面總會想像著每走一步就要忍受的痛苦，甚至開始質疑，只為了我愛吃的「法式文也魚柳」（sole meuniér）而跑這一趟是否說得過去。光是從我們的住所上下樓梯，這種操練就已經夠慘的了。

可我從來沒有一刻懷疑過，只要尊者回家，情況就會好轉的。到底怎麼會這樣，我也不知道。

但我就需要有達賴喇嘛陪伴的精心時光，就我們倆在一塊兒。

午餐時間，在達賴喇嘛家的餐廳裡，氣氛一如往常，他會逗客人開心，客人也會即時回應他用輕鬆自然的態度去啟發他們本有的善念。社交媒體上的大師、研究冥想的腦神經科學家、喇嘛和心理學家，大家各自交流著想法，同時品嘗著樓下廚房裡兩位女士所準備的美味飯菜，這兩位女士早已是尊者府邸裡的名人——她們是健談又浮誇的貴賓主廚春喜太太（Mrs.Trinci），以及她美麗的女兒瑟琳娜（Serena）。

從最早的時候開始，我在尊勝寺最忠實的粉絲除了達賴喇嘛以外，就是春喜太太了。身為義大利人的她有一種歌劇人物的性格，雙手上總掛滿了鏗鏘作響的黃金手鐲，不時以美味佳餚餵食我，還會當眾宣布我就是「有史以來最美生物」，除了這個稱號之外，她還會視情況所需適時添加其它暱稱——但也不是所有暱稱都令本貓開心啦。

春喜太太曾有一次心臟病發作，後來便聽從專家建議來上達賴喇嘛的個別冥想課程，過了一段時間，比起之前的她，現在的她個性更成熟了，也不那麼急躁了，不過她的慷慨灑脫仍舊不變。她的女兒瑟琳娜曾在歐洲數間名氣響亮的餐廳工作多年，回到達蘭薩拉後，便開始分擔春喜太太身為尊者行政主廚的重擔。那時的我渾然不知，一旦進入了瑟琳娜的世界後，我一生中最為有趣迷人，又出乎意表的事件就要開展了。

瑟琳娜有一頭亮麗優雅的烏黑長髮在身後傾瀉而下，打從我第一次見到她，我就深受她慈悲的能量所吸引。除了協助母親款待達賴喇嘛的貴賓外，她還與老闆法郎共同管理喜瑪拉雅·書·咖啡。我們很快就成了死忠密友，後來我在各個書架、角落和門柱之間，見證了她剛剛萌芽的戀情，對象是她在瑜伽課上認識的一位印度商人，他英俊、有見識、有智慧，而且，他天生的謙讓態度還真讓人想不到其實他正是喜馬偕爾邦（Himachal Pradesh）的大君（Maharajah）。

他的名字是席達塔（Siddhartha），暱稱席德（Sid），他為瑟琳娜翻修了佔地寬廣、殖民風格的莊園後，她也已經搬去同住了。他們的家與我在尊勝寺的窗台之間，僅有短短的步行距離。

隨後，我覺察到我與席德之間有很強的連結，我與他十七歲的女兒紗若（Zahra）之間也有。席德的第一任妻子多年前死於一場車禍。紗若離鄉背井，住在寄宿學校，放假期間才會回家。打從我第一次看到紗若，我就好喜歡她，也愛待在他們家。

只要是達賴喇嘛出席的午餐聚會，本貓的個別的需求就絕不會被忽略。領班庫沙里（Kusali）會捧著一個小食盒到我入座的窗台上。今日特餐是烤雜菜，佐以風味相當濃郁的肉醬。我津津有味地舔食著，另一頭坐著好幾位矽谷高階主管，他們興味盎然地猛瞧著我這頭。用餐時，尊者也看了我好幾眼，但他的表情不同於其他人。即使他回家後我們還沒有機會單獨相處，但他能感覺到在本貓的世界裡，貓事已非。

就算四爪都痛得很，梳理自己也變好難，但是飯後，我還是洗了臉，然後端坐著，靜待聚會結束。現在的我一肚子全是春喜太太的美食，心情好很多了。

但，我仍然渴望與達賴喇嘛單獨相處的時刻能早點到來。

終於，客人們準備離席了，丹增和奧力佛引領他們走出餐廳。尊者已經請達瓦（Dawa）轉告主廚說餐點很棒，並邀請她們上樓來，他想要親自表示謝意；他這樣的做法已成慣例，總是令人歡喜。賓客們離去後不久，達瓦就來回話。

「尊者，春喜太太先走了，」他說。

「瑟琳娜呢？」

「她說她只是來幫她媽媽的忙，所以準備這頓飯菜，她不能居功。而且她知道您這次遠行，離家很久了，她覺得您回來後一定也很忙。」

達賴喇嘛點了點頭。雖然這些話說得得體圓滑，但這絕不是第一次他想說「謝謝」時，邀請對方卻遭到拒絕。尊者露出沉思的表情坐了一會兒——難道他覺察到了什麼我不知道的事？然後，他直接看著我，邊起身邊說：「雪獅啊，我覺得我們應該去看看她了，妳不覺得嗎？」

他走向門口時，我也從我坐的地方跳下來，也已經準備好接受著陸時無可避免的痛楚。我們穿過住所，走進長廊，接著經過行政助理辦公室。即使每踏一步都比以往任何一步更加痛苦，我還是盡全力正常步行。尤其是後爪，要用兩隻後爪走路真的是純屬酷刑。

## 為了自己，也為了別人，如果我們想要實踐有效的慈悲心，那就需要一顆平靜的心

我們走下樓梯，再沿著一小段通道，來到了貴賓專用廚房。尊者在門口停下腳步，看著瑟琳娜在廚房裡忙碌著。今天的餐會或許結束了，但是要緊接著繼續計劃下一個餐會，那是三天後阿迦汗（Aga Khan）即將進行的一次私人訪問，這就是還有很多事要做的原因。瑟琳娜正打開櫥櫃、檢查存糧、參考紀錄表單、寫下需要購買的物品，她也檢查了冰箱最內層的空間。她很專心，所以過了好一會兒抬起頭來，這才發現廚房裡不只有她一個人。

「哦！尊者！」她將雙手合十在胸前時臉都紅了。

「我親愛的瑟琳娜！」達賴喇嘛走過去，抱了她一下。她低下頭，看到了站在他腳邊的我。

「我看到小仁波切也下樓來了，」他們抱完要分開時，她如此說道。

「這次餐會很棒！」達賴喇嘛仔細凝視著她。

「謝謝您。」

「特別是主菜。」

「俄羅斯酸奶燉素肉，重點是那個滷汁。」

把一頭長髮收攏在廚師帽底下，這個素顏的瑟琳娜看起來與在「喜馬拉雅・書・咖啡」前台工作的她，或在書店樓上經營自己的香料包生意的她，截然不同。然而，今天不僅僅如此，她的臉龐好像還有一點緊繃感，雙眼也透出一種憂慮神色。

「我再忙也想見妳一面，」達賴喇嘛說道。「但妳好像都忙到沒空見我了？」他語調幽默，但也流露出關懷之情。

瑟琳娜還是個小女孩時，尊者便已認識她了。春喜太太很年輕就守寡，以前她來準備餐會時，也會把女兒帶進來，讓她在廚房長椅上寫回家功課。那是很早期的事了，比起我的時代要更早得多，我聽說瑟琳娜深受達賴喇嘛吸引，所以對她來說，他是像父親一般的人物。

她原本已經在歐洲生活了十多年，也開創出她自己的世界，但是回到達蘭薩拉之後，她與尊者的連結還是像往日那般深厚。他們就像家人，他懂得她的每一個表情，這就是為什麼她必須避開他的目光。

「尊者，對不起，」她說。「我不是有意要冒犯的。」

他聳聳肩，意思是這不是重點。

她看了看手上的清單和櫥櫃，坦承道：「目前，我是覺得壓力還蠻大的。」

「是阿迦汗來午餐的事？」達賴喇嘛問道。

瑟琳娜否認了這個說法。「不是。和那個沒關係。」她轉過身去，環顧著廚房四周，就是不看他。然後她咬著下唇，有點不情願地說：「是生意上的事。」

「太忙了嗎？」尊者用同情的語氣。

「是不夠忙。」她很快地看了他一眼。「您知道的，剛開始時，我們生意做得很好。最初的三年內，每一年的規模都增加一倍。但是現在遇到瓶頸了。」

會做香料包生意的想法是因為在「喜馬拉雅．書．咖啡」用餐的遊客，他們總問起這些讓餐點變得讓人胃口大開的醬汁、醃料和調味料。瑟琳娜與咖啡館駐店廚師——尼泊爾兄弟晉美（Jigme）和阿旺．札巴（Ngawang Dragpa）商議後，便設計了綜合香料的包裝方法，可以用郵購的型態寄到全球各地。席德以批發價直接向當地香料生產商買貨後，他們突然間就做起生意來了。

商品精美，加上送貨服務迅速，「喜馬拉雅．書．咖啡」的香料包很快便通往世界各個角落。兩年前，席德和瑟琳娜結婚後，他們決定將香料包的全部利潤都用來支助當地年輕人，讓他們接受找工作所需的技能培訓。

「妳是擔心孩子們嗎？」達賴喇嘛問道。

「他們有好多人喔！」瑟琳娜提高了聲音。「也越來越仰賴我們。我們是他們最後的機會了！」

才過了片刻，她的情緒就像是春喜太太那樣高漲起來——她們母女倆這個相似之處是我以前沒看過的。

「那業績……」

「暴跌！」她加強了語氣。「掉回到十二個月前的水平。甚至是，十八個月前的！」她沒辦法再站著不動，於是大步走到廚房另一邊收拾手提包。這是不必要的動作。然後又把它拿回來「砰」地一聲丟在她的清單旁邊。

「影響我們生意的不是只有這一件事，還有好多事，」她的黑眼珠子裡有怒火在燒。「是消費者倦怠，還有同業競爭激烈。還有好幾個地方因為出了新規定，所以禁止我們繼續營業。就在上星期澳洲政府才通過的『生物安全保障法』讓我們失去了澳洲所有客戶。」她掌心朝上，攤開雙手。「就一夜之間！」

我抬起頭看著達賴喇嘛。這人已經不是我所認識的瑟琳娜了。我從來沒見過我這位朋友落入這種狀態過（她英文名字 Serena 的意思——沉著平靜，而她總是人如其名）。當我盯著尊者看時，我感知到他對於現況的了解是更多更深的。而且，這是我首次粗淺覺知到，瑟琳娜生氣或許有更為深層的原因。

她剛所說的只是一種象徵，只是她另外的苦惱緣由的替代說法。

「一直以來……」她用手勢輔助示意「在外頭」，她說：「需要『資訊科技』基本技能的孩子們，他們的候補名單還越來越長！」

她的下巴緊繃，脖子上有一條靜脈突起，好像已經無計可施了。「我看著他們的小臉，我也知道他們有多麼需要我協助，但我似乎就是無法扭轉局面了！」她把手高舉到頭上。「有什麼可以改善的，我們也全都試了！我們以為自己做了什麼事情，事情就會好轉。別人也信誓旦旦說這樣做或那樣做一定可以的。因為迫切想要情勢變好，所以我們一再燃起希望……」

突然間，她好像垮了下來，肩膀也塌了。她雙眼湧出淚水，轉身面向達賴喇嘛，愁容滿面。她說：「我只是覺得自己讓大家失望了。」

尊者暫時沒說什麼，只是站起身來，用仁慈的關注撫慰著她。

「特別是席德，」她輕柔說著，同時用我比較熟悉的、充滿母愛感覺的溫暖眼神看向我。

我忽然明白了之前我感知到尊者已經知道的事。在那一刻，就好像在那房間裡發生了某種變化，我們大家都知道在討論的是什麼，根本不需要說得太白。那也是瑟琳娜痛苦的深層緣由。

瑟琳娜與席德結婚後，他們毫不掩飾希望能儘快建立家庭。他們有許多朋友原本也都希望在幾個月內就會有這一類的消息傳出來。兩年過去了，什麼都沒有。

「妳和席德談過了嗎？」達賴喇嘛輕聲問道。

「我們一直在談。」

「他並不覺得妳……讓他失望了？」

她很難受地搖著頭。「您瞭解席德這個人。他永遠都不會說出那種話的，他太紳士了。」

達賴喇嘛極其溫柔地用雙手握著她的一手。「通常，最大的痛苦是我們自己造成的。」

「自己造成的？」她睜大了雙眼。

「可能是因為執著。」

瑟琳娜的表情轉為受了傷似地。「我又不是要買瑪莎拉蒂跑車！」

「不是，不是，」尊著搖了搖頭。「物質只是執著的其中一種。另一種更常見的原因是『對結果的執著』。」

「結果？」

「就是事情一定得是我們想要的那個樣子。」

「但如果這事情不是只有我，那該怎麼說？」她表示反對，並將手很快地抽了出來。「如果是我所關心的其他人呢，那又該怎麼說？」

「這不是道德批判……」他想要消除她的疑慮。

「聽起來就是在針對我！」她猛然打斷。「聽起來就是在批判！」

她大步走到長桌那邊，抓起寫了好一會兒的清單，然後一把扔進手提包裡。她扯掉廚師帽，把它扔向水槽。

「您知道嗎，這正是我本來就不想開啟的那種對話……」她對他說道，眼中有怒火燃燒著。「這就是我不上樓去的原因。不需要有人來告訴我，這一切都是我的心有問題。只要我改變思維，那一切都不會有問題。有時候，人生就是狗屎——而這就是全部的問題所在！」

說完，她大步走出廚房，要離開時，還抓住門把「砰」的一聲重重地摔了門。

我盯著門看，剛才目睹的那一幕讓我心有餘悸。與達賴喇嘛同住的七年之間，我從來沒看過有人在他面前這樣怒氣沖沖地離開，更不用說走時還甩門。而且，「沉著平靜的瑟琳娜」正是我原以為全世界最不可能這樣做的人啊。

尊者把手伸下來撫摸我的脖子。「她受苦了，」他輕聲說道。「但願她能快快擺脫憤怒和執著。」

那天下午，達賴喇嘛在寺中前院主持比丘受戒儀式。我一直待在窗台上，打著盹兒等著結束後可以和他獨處。等候之時，我想起了中午在廚房的一幕幕景象：瑟琳娜的痛苦。尊者嘗試幫忙。她大聲說話，然後甩門離去。

「憤怒和執著」，這是他希望她能夠擺脫的兩件事，這也是藏傳佛教中所說的「假象」——也就是會擾亂內心平靜的心理因素。據說「憤怒和執著」兩者都是由相同的根本原因所引起的：事物、人或情況本身即具有的特性——令人喜歡，我們就會想要；令人討厭，我們就會排斥。達賴喇嘛向眾人解釋這些基本道理好幾個小時了，我就那樣坐著。這些道理瑟琳娜也很清楚啊。

然而，道理要應用到日常生活中時，就不見得那麼明確清楚了。瑟琳娜的內心受干擾，不得平靜，這一點是沒有爭議的。但是，如果她的不快樂並不是因為她為自己著想而引起的，那該怎麼說？不是出於自我，是因為關心他人而引起的痛苦又該怎麼說呢？關於這一點，佛教又有何說法？

而且，想要有自己的孩子難道不是許多女性自然而然的本能嗎？比起思想或觀念，這種本能不是更為深層、內在嗎？如果這一次，尊者真的錯了，那怎麼辦？

巧的是，我沒等多久就知道答案了。當暮色包覆尊勝寺廣場時，尊者回家了。丹增已為我們點亮住所的燈，也去拿來尊者要喝的綠茶了。這時，傳來熟悉的敲門聲。我們倆都抬起頭來。

「我真的，真的很抱歉！」是瑟琳娜，臉色蒼白，淚眼汪汪。「真不知道我是怎麼了！」

尊者從房間的另一頭走過來，朝她揮揮手，並笑了起來。「妳啊！」然後，他指著房門，做出甩門的動作。「砰！」

她搖了搖頭，看上去很失落。「您能原諒我嗎？」

他張開雙臂，她走向他。她抱著尊者時說：「我只是想讓您知道……」

「好，好。」他打斷了她的話，拍拍她的背。「什麼都不用說。」

不久，丹增便為他們準備了兩杯茶，他們隔著桌子坐了下來。瑟琳娜說：「您說讓我痛苦的是執著，這我知道。」

達賴喇嘛堅定地看著她。「絕不是批判，」他說。

「我只是想要了解。」她停下來，想把自己的想法先整理好。「我是真的想幫助人，例如那些需要培訓的孩子。我也是真的為了他們而竭盡全力要把生意做起來。這樣的話，我怎麼可能不執著？」

尊者微笑，然後簡單說道：「只要能瞭解妳內心的平靜、妳的福祉並不是靠這樣做而來的，那就有可能『不執著』。」

她歪著頭，安靜地思考、理解這句話。「這聽起來有點冷陌，欠缺慈悲心。」

達賴喇嘛抬高了雙眉。「慈悲心是要減輕眾生受苦的願望。」

「對。」

「我們比較能夠幫助別人時，是內心平靜又有條理，還是動盪不安呢？」他用手演示了波浪的起伏。

瑟琳娜點點頭。

「為了自己，也為了別人，如果我們想要實踐有效的慈悲心，那就需要一顆平靜的心，」他說。「這是必不可少的。更重要的是，『不執著』是符合真理的。」

他從座位上俯身向前，仔細研究了她一會兒。「我記得有一次，妳剛從歐洲回來。」

瑟琳娜笑了。

「妳那時住在達蘭薩拉的家中。沒有工作。沒有——那個叫什麼——男朋友？」

他笑了起來。

「我一生中最快樂的一段時光！」她自己加了話。

「就算沒有幫助哪一個孩子培養電腦技能，妳也很開心。」

她搖著頭。「那時候我根本不會去想這些。」

「妳看，沒有成果。但是，仍然可以很開心。這兩者之間，」他把兩手掌心朝上，中間有些距離隔開，「並沒有關係。」只有當我們虛構出有一種關係時，才會有問題產生。當我們說「只有在這種情況發生時，我才能開心」或「只有在那種情況發生時，我才能平靜」，這就是我們為自己製造出問題的時候。

**「執著就是我們認為某人、某事物或某種結果對我們的幸福是必要的。在那一個當下，我們就是把某人、某事物或某種結果變成未來痛苦的來源。我們就要冒著成為它奴役的風險。更好的想法是：我已經擁有幸福和內心平靜。能在我的生命中擁有這個人、這件事物或這種結果會有多棒！但這基本上對我的福祉並不是必要的。」**

瑟琳娜緩緩地點著頭。

「我還會告訴妳『不執著』的祕密禮物，」達賴喇嘛的眼睛閃閃發光。「當我們能夠真正的『不執著』，而只是在心中抱持某種成果的想法時，那就更有可能帶來這樣的結果。太過執著不僅導致痛苦，也會讓我們不那麼順利了。」

塞琳娜把他說的每個字都聽清楚了，然後問：「想懷孕的事也是這樣？」

「當然囉！」達賴喇嘛點點頭，意思是這件事多顯而易見啊。「對目前的妳來說，壓力太大了。」

「我覺得自己最近擔心太多事情了，這麼多可怕的事情全發生在這段短短的時間之內。」

「那就是『棄絕』的時候到了，」尊者宣布：「是時候擺脫造成妳痛苦的真正原因了。」

「問題不是香料包。也不是……這裡」她摸了摸肚子。「而是我執著於我想要事情按照我的意思走？」

「正是如此。『棄絕』是指妳下定決心說妳受夠了。是妳終於意識到自己的不快樂不是從外面來的，而是從妳的內心產生的。是因為妳在對抗事物的本來面目，還希望事情可以有所不同。『棄絕』是因為我們要拋棄正在承受的苦難，這種苦難來自我們執著於自以為事物應該都要有的樣子，或事物的樣子讓我們覺得痛苦。妳可以說『棄絕』是我們內心之旅的起點。我們不再專注於各種外部情況，而是要往內看了。」

「在我內心深處，我一直知道需要放下了。」

「放下。放下，」尊者同意道。「我們越放下，這裡就有越多的平靜。」他摸著他的心臟位置。

瑟琳娜對達賴喇嘛表示感謝之意。然後站起身來。「現在，我也該將您放下了。今天我已經花了您太多的時間了。」她看向窗台，見我以斜臥姿關注著他們。

她說：「我很肯定您也想和小小仁波切共度精心時光。」

尊者要從椅子上站起來時，瑟琳娜走過來撫摸我。為了回應她，我伸出雙手和雙腿，打算來一回合完整的抖動小腹伸展運動。但是在我伸展時，右前爪勾到了她的結婚戒指。烙鐵般的疼痛瞬間貫穿我整個腹脅側。我痛苦地縮成了一團。

「仁波切！」我一聲淒厲的號叫，把瑟琳娜嚇壞了。

她彎下身來，仔細檢查著我的爪子。同一時間，達賴喇嘛也俯身下來查看我。他們倆在同一時刻看到了同一個東西。尊者的眉毛驚恐地直豎起來，瑟琳娜的額頭則因為關切而皺了起來。「哦，妳這可憐的小東西！」她哭喊道。她轉向達賴喇嘛說：「看看這指甲有多長。」

他搖搖頭。「我就覺得她今天下午走路的樣子不太正常。」

「您不在家好幾個禮拜，都沒人照顧她了。」

「我們得採取行動。」尊者的表情嚴肅起來。「馬上行動。」

我呀，親愛的讀者，可不是那種貓，那種會喜歡乖乖被綁住讓人修剪爪子的貓。就算要綁我的人是達賴喇嘛，而進行修剪的人是喜馬偕爾邦的邦主夫人，亦復如是。但是，無論我怎麼扭動，想要掙脫，就是沒能逃離尊者的掌心。也逃不過瑟琳娜的指甲剪上的不銹鋼刀片。他們逐個地繞著我的每隻爪子剪，直到修剪完最後一根為止。

他們一把我放下，我那穿著灰色靴子的四爪就全速衝向達賴喇嘛的書桌，兩耳緊緊貼向後方。這張書桌是我安全庇護所。在書桌底下，就算有人手伸進來，也碰不到我。可是，儘管我這一路是衝過來的，我也感覺到了些什麼：爪子和後腿的疼痛好像都不見了。全部耶，連一丁點兒疼痛或不適感都沒有。

我舔了舔爪子，順便檢查了一下。過程中，我一點一點逐漸意識到，我一定是慢慢習慣了這些變長突出的指甲。他們長得長一些些，然後又長一點點，所以我會很習慣指甲漸漸變長的樣子，卻感受不到其中的變化。

瑟琳娜正在把指甲剪放回她的手提包，準備要走了。「最大的痛苦是自我造成的。那不是您今天早上說的嗎？」語氣中有點挖苦自己的味道。「甚至您試著要幫助我時……」

我從書桌的腳邊抬起頭探視，便看到尊者假裝成我，指頭曲成爪子狀，揮出一拳，接著甩門，他笑著說了一聲「砰！」

「一樣的，一樣的。」

才不是！我很憤慨。您可不能把我跟她畫上等號啊。您這樣對嗎？

「對於執著這件事變得很執著，有可能會這樣嗎？」瑟琳娜邊問，邊把包包搭到肩上。

「哦，會喔，」達賴喇嘛說。「有時候，我們抓得最緊的是那些傷我們最深的事。但是我們會一直抓著不放，那是因為我們不相信事情可以不一樣。」他變得沉思起來，喃喃地說：「這是關於輪迴一個非常悲傷的點。某人可能會餓死在一個房間裡，但其實只要沿著路走下去，會有一間廚房，那裡面都是她可以吃的食物。但是，她必須自己走到廚房。她必須相信廚房就在那裡。一定要來到某個時刻，等她說：『我受夠了！夠苦了！我必須試一試不同的東西。』」

我和尊者有時候會用某種特殊的儀式來結束一天的活動。他在休息之前，會進去他自己的小廚房，那裡有一些簡單的烹飪器具。他會把一片麵包放進烤麵包機裡，然後打開電茶壺，為自己泡杯茶。

如果我還沒跟過去，那麼烤麵包的香氣也會馬上把從我任何角落召喚回他腳邊。麵包一烤完——完完全全屬於我的麵包，因為達賴喇嘛晚上不吃東西——他會為我切下一小角，然後大方地在上面塗奶油，先放到碟子上，再放到我的面前。

我們倆都很享受一起共度的愉快時光，尊者坐在小桌旁喝著茶，而我則喀滋喀滋大嚼我美味的奶油烤吐司。

「我親愛的小貓咪，很抱歉，沒能在這裡照顧妳，」今晚我吃完烤吐司，抬起頭來看著他時，他如此說道。

「妳的爪子變好長。」

我舔著右前爪時，他若有所思地注視著我，欣賞我用舌頭自在地舔著自己的天鵝絨鞋墊。

「我們人類也得像妳一樣保持警惕。」當我開始洗起臉時，他說了這樣的話。

**「我們的想法就像爪子。如果我們把心思轉為具體事物，爪子會很有幫助。可以發展**

**出想法，設立目標，表達情感。但是，如果不謹慎的話，同樣的這顆心也可能讓我們孤立自己，而成為最大痛苦的根源。這樣的心就無法幫助我們採取果斷的行動，反而成為造成自己受苦的原因。無論是貓還是人，都是一樣的。」**

他彎腰伸出手把我抱到膝蓋上，用手握住我的左前爪子，並轉向側邊，細看著我剛修剪過的指甲。他說：「當我們受苦受夠了，想要重新開始時，那就是『棄絕』。」

我用我寶石藍的雙眼虔誠地凝視著他。

他俯身用臉頰撫著我，輕聲說道：「妳可以說這是修行成就的第一條法則——第一爪功法。小雪獅，妳覺得如何？」

他把我放回地板上時，我突然渾身是勁，暴衝起來，就是我們貓族偶爾會有的「瘋跑」天性，尤其是在吃了美味的小吃之後。太興高采烈時甚至還會更瘋。

我向前把全身彎成弓狀，從肩膀上往後瞥了他一眼，然後從廚房暴衝而出，這雙蓬鬆的灰色貓靴飛快地帶我在走廊上狂奔。離我上次想要這樣做已經又過了好幾個星期了。當我沿著跑道飛馳時，我得到了極大的解放。無負擔，無疼痛。

如果這就是「棄絕」的感覺，那真是太美妙了！唯一的遺憾是沒能更早體驗到修得成就的第一爪之法！

在我跑出小廚房後，達賴喇嘛就在門口哈哈大笑。

# 第二章　修得成就的第二「爪」

瑜伽師塔欽說：你應該要小心的是「你想要的東西」

親愛的讀者，您是非同凡響的生物嗎？您是否具有過人的敏銳感知力？能清晰解讀他人的心念？或者，您發現自己常能看著周圍的人演出生活裡因果業報的戲碼，也能帶著某貓那種穩定的全知觀點，她總在高樓窗台上歇息時，俯瞰下方廣場上某些劇情開展？

若您搖搖頭，很確定自己沒有這種能力，那麼，您是否相信或許自己是可以培養出這些能力的？

這些問題好似侵犯隱私。這些問題的概念也可能讓您不自在。但可悲的是，看輕自己並低估自己潛能是多數人的命運。他們會嚴重貶低自己的潛能，就這樣過了一生。

如果您還不了解這一點，那您很快就會發現最起碼本貓就不會因為低自尊而自苦。假裝謙虛，或假裝自己並非極其美麗的、極其迷人的，或者簡單說，要假裝自己不是全達蘭薩拉最受喜愛的那一位——只此一貓，別無分身，那種虛偽，我是覺得沒什麼意思啦。

其實我以前也沒意識到自己有多出色，更不用說自己的潛能有多驚人了。親愛的讀者，無論您相信與否，這種潛能是您我同樣都有的。

要讓我領悟到上述這一切，還需要有一連串特定事件呢，那是從某個普通周二的凌晨開始的。

「早睡早起」這句舊時格言您肯定聽過吧？嗯，達賴喇嘛就很認真看待這個概念。不僅僅是他的睡覺時間到來時，很多人才剛坐下來吃晚飯哩，還有，他凌晨三點就起床，而這是全世界最寧靜的時刻。接下來的五個小時裡，他靜坐冥想。

雖然我不會假裝自己永遠是他靜坐時的好夥伴，但這種夜行性節奏真的很適合我。有時候，我會穿越黑暗走到我最喜歡的窗台，然後從那裡往外眺望，看著我喜愛的廣場在空靈的星光照耀下變得神奇魔幻。或者遇上有緊急需求時，也可能會趕去廚房吃上一嘴的餅乾。或也可能只是蜷縮在尊者身旁的地毯上，用欣賞他的呼嚕呼嚕聲與他的低音持咒聲互相應和。

那個特別的週二午夜，更確切地說，是週三凌晨，當我被尖叫聲驚醒時，大家都還在熟睡。那一長聲尖叫好淒厲，讓我懷疑說難道是在做夢。我猛然抬起頭，停止動作，領略著夜的寂靜。有好一會兒，周遭只有凌晨時分未受干擾的寂靜。

然後又來了。是我們這棟屋子裡面的！我跳起來，用我那雙有點笨拙的後腿儘快奔出臥室。

我認得那聲音，它觸動了我的原始本能。當我急忙奔到尊者住所門口時，最初的那些尖叫聲又引發出更多群情激動的聲音。一如我所料想。

出自於克制不了的衝動，我伸出爪子，開始耙抓尊者住所的門。雖然覺得這樣做也沒什麼意義，但還是值得一試。白天的時候，如果門是關著的，總會有人來打開。但此時是大半夜的，這整個住所全都牢牢上了鎖呀。

我舉頭嗅聞空氣。是因為我太會想像，還是那令人討厭的生物味道太重，讓我甚至從這裡就能聞到它們的氣味？急迫的尖叫聲越來越密集。我很清楚正在發生什麼事。之前有隻老鼠走進廚房，翻出了些什麼，在牠發出信號的那一刻，我就驚醒了。現在別的老鼠也全都擠進去了。幾分鐘之內，樓下將會有一場瘋狂吃到飽！

我沒招了。回到臥室，便直接跳到沉睡中的達賴喇嘛身上。他的反應呢，就是要把我從他的胸口撥開。但是，我跨過他的手臂，在肋骨間走來走去，還不斷拱起床單和毯子捅他。然後還伸出一隻爪子，輕拍他臉頰。一開始輕輕地拍，接下來就堅持著拍。

這一切動作都不能達到預期效果時，我轉為懇切哀求，對著他的臉喵喵叫。這招讓他動起來了！片刻間他便坐起身來，「怎麼了，小雪獅？」

怎麼了？他是聾了嗎？或許我只在他耳朵不遠喵個幾聲而已，但廚房裡聲勢驚人，他怎能一直睡下去呢？

我跳下他的床走向門口，還回頭瞥了一眼，確認他有跟上來。我們就一起穿過住所走到前門。

樓下的尖叫聲已瀕臨瘋狂的極端。下面那裡可能有幾隻呢？他們到底在嗑什麼呢？

我下定決心，現在可不是模擬兩可的時候，一走到前門，我便開始抓個不停。「哦，不行，小傢伙。現在不行，現在是深夜。」沒錯！而且打從我住這裡以來，這是第一次鼠輩們這麼猖獗。

尊者是還沒完全醒過來，還是說他選擇忽略正在發生的事情，這我就不知道了。但就在我繼續抓個不停時，突然有人把我從門口抱起來，穿過住所，來到洗衣服的小房間裡，然後小心翼翼地把我放在貓砂盆上。

「好了，」達賴喇嘛說。「不用跑出去。」然後他就回床上去了。

我立即跑回前門。四處抓撓尋覓，揮動尾巴。蹲了好一會兒，又去吸取從門下方窄縫通過的氣流，感受入侵者的刺鼻氣味，卻又對他們無可奈何。

我既生氣又沮喪。但最重要的是，我被弄糊塗了。看來尊者完全不在意他家被鼠群圍攻。他的舉止顯示出他完全不在乎！

第二天，果然有人來報告說，昨晚有一大群老鼠從沒關好的窗戶跑進了樓下的食物儲藏室，咬壞了好幾包糖、堅果和新鮮水果，達賴喇嘛這才揚起雙眉。過了一會兒，他用意味深長的神色看向我。

對，沒錯，我也不甘示弱，用我最酷的「眼神死」回瞪他。我確實已盡全力向您通報了，雖然這個事件還有那麼明顯的尖叫聲，但是您當時就是無法理解正在發生的這樁恐怖攻擊事件。還給我貓砂盆，真是的！

貓族乃萬物中最能隨機應變者，我們就是知道如何在形形色色的環境中讓自己輕鬆自在。能夠毫不費力地在各種角色之間切換，並依據我們身在何處、正在做什麼事，有魅力地表現出各種身分，這點正好合乎我們的謎樣的本性。這樣一來，就永遠不會被定型，不會被貼上分類標籤，也不會被罵說沒有新招，或許「完全捉摸不透」

就是我們的招。

很多貓咪都有超過一個以上的名字，這還能有什麼原因呢？就我而言，身為達賴喇嘛的窗台哨兵，我是他的「雪獅」。身處行政助理辦公室文件櫃上方的「高層」，我則擁有一個更為正式的職稱──「尊者貓」或英文縮寫簡稱為ＨＨＣ──達賴喇嘛尊者在正式信件中則以ＨＨＤＬ（His Holiness the Dalai Lama）為其簡寫。在「喜馬拉雅．書．咖啡」時，眾人則尊稱我為「仁波切」。「仁波切」是在西藏受人敬愛的喇嘛通常會被授予的頭銜，意思是「珍寶」。

還有一個地方我也愛去，而且幾乎都在黃昏時去，那裡有個戶外露台可以欣賞喜馬拉雅群峰最神奇的山景，冰封的山頂反映著落日的絢麗色彩。那個地方就是「下犬瑜伽教室」（The Downward Dog School of Yoga），我身為讓該教室生氣勃勃的要角，師生們都稱我為「斯瓦米」。而且，沒錯，他們有時候會為我戴上鮮花編成的花環。

我會發現這個瑜伽教室是有一天晚上，瑟琳娜結束白天在「喜馬拉雅．書．咖啡」的工作後，我一路跟著她過來的。到了晚上，她大多會改變裝扮──換下書店經理的一身黑，改穿時尚瑜伽服，頭髮往後梳成馬尾──我好著迷，也感到特別好奇。

那段時間剛好達賴喇嘛出遠門，漫漫長夜，沒有誰在等我回家。

我永遠忘不了第一次去的時候，在陡峭山坡上等著我的那番景緻。那是一間看起來低調的平房，上頭有個看板，褪色的字母寫的是：「下犬瑜伽教室」。走進去後有個小走廊，鞋櫃佔了大部分空間。接著穿過珠簾，便來到一個很大的房間，可以觀賞喜馬拉雅山脈的全景風光。這一大面落地窗的折疊門已被推到兩側。在這幅景觀前面操練著戰士式二（Virabhadrasana II）的男子，他留著小平頭的髮絲銀白、膚色古銅、藍色雙眸靈動、面容好似毫無歲月痕跡。

「好像有客人來了，」他從天花板直落地面的鏡子裡看到我時，便用略有德國腔的口音說道。

雖說瑜伽教室通常不讓貓進去，但因為陸鐸（Ludo）即刻感覺到了我們之間的連結，於是我獲得了特許。陸鐸在六零年代初期成立了這間瑜伽教室。他應朋友海因里希．哈勒（Heinrich Harrer）之邀來到了達蘭薩拉，哈勒以《西藏七年》（Seven Years in Tibet）的作者身分聞名。哈勒也介紹陸鐸面見達賴喇嘛，尊者鼓勵他成立瑜伽教室。多年來，我所發現的是陸鐸與尊者之間關係深厚，而這樣的關係對我而言也是意義重大的。

教室牆上一小張加框黑白照片裡的拉薩犬說明了此處命名為「下犬瑜伽教室」的原因。早在一九五九年，達賴喇嘛還住在西藏拉薩的布達拉宮時，他就養著這隻小拉薩犬。透過聽來的零碎對話，加上我做了幾次有如身歷其境的夢，我把後來發生的事情全拼湊起來了。

當時尊者被迫徒步逃離拉薩，他請一位值得信賴的女性友人堪卓拉（Khandro-la）來照顧他鍾愛的拉薩犬。起初，後有紅衛兵追殺，若帶著家犬翻山越嶺，旅途艱險，並不安全。後來不到一年，有位沙彌羅布（Norbu）要和一群僧侶離開西藏前往印度，堪卓拉便將小狗託付給了他。羅布安全抵達蘭薩拉後，便會將拉薩犬送還給達賴喇嘛。

然而，事與願違。

羅布和這群僧侶遭到中國紅衛兵襲擊，他在保護受託的寶貴拉薩犬時遭槍殺。最後是由他的一位同伴剪斷他屍身上的安全帶，才救出這頭拉薩犬。

這群僧侶最終安全抵達印度。但是當他們來到達蘭薩拉時，尊者已踏上歐洲之行，要讓各國領導人瞭解西藏人民的困境。幾經傳訊交流之後，陸鐸同意照顧這頭拉薩犬直到達賴喇嘛返回達蘭薩拉。

事實上，這頭小拉薩犬在山區長途跋涉途中飽受折磨，已是奄奄一息。幾週後便死了。

達賴喇嘛離開拉薩時，曾向他的寵物許諾來日再團聚。他果然遵守諾言，因為這頭拉薩犬的「精神體」在很多年之後以小貓的形式重生了。她是尊者在德里街頭所救出的小貓咪。她後來獲得了許許多多特別的名字和頭銜，而在那些稱謂當中，「我」、「我的」、「我自己」，這些的份量也都不小。

對了，親愛的讀者，沒錯，是狗！無論我設想多少次，我還是難以相信如此華麗貴氣的貓曾經是披頭散髮的笨狗形象。但是，「體認到的確有這種可能性」最有助於培養「等持」的功夫。當您知道自己以前就是他們其中一員時，您又怎能批判、憎恨或敵視他們？或許也不是太久以前的事？

關於我的過去，我七拼八湊所得到的說法有趣歸有趣，但也引發了更大的疑團。如果直到一九六零年去世之前，我一直都是尊者犬，接著又在七年前重新投胎變成尊者貓，那在這兩段的中間，我又在哪兒呢？而且，同等重要的是，我那時是誰呢？在那段期間，達賴喇嘛並沒有養任何寵物。我的業力（karma）是朝哪個方向推進？我一直與那些在此生與我緊密相連的人們繼續保持著密切關係嗎？

在「下犬瑜伽教室」的大露台上，大家經常會討論諸如此類的深奧問題，這座寬闊的大露台與教室等長，位於教室的玻璃門外面。那天晚上我就是來到了這裡，否則就要單獨待在家了——尊者有遠行，並不在家中。

**千里眼和其他神通並不是我們要去努力獲得的東西，是在我們放下後才會到來的**

那是一個舒心的初夏傍晚。瑜伽課才剛結束，依照往例陸鐸的好幾名學生逕自走到露台上，倒幾杯綠茶，在各種各樣的地毯、靠墊和抱枕環繞下放鬆身心，欣賞喜馬拉雅山脈的宏偉壯麗，並執行他們自己的晚間儀式。冰封的山頂會折射出太陽光照中所有的色彩，由暖黃色先開始，再漸次變深；河水自高山往下奔流時，那幅景象是融化的金峰在青金石天空的襯托下，綿亙不絕。

一如既往，陸鐸的學生圍坐在他身邊，而對話的開展則在個人問題與哲學思考之間來回進行，輕鬆自如。我會找個舒適的地方，就近坐在瑟琳娜或陸鐸身旁，他們都是我一直覺得很親近的人。

那天晚上，有位傳奇人物的話題引發了熱烈討論。這位傳奇人物最近剛剛完成了一次獨自冥想閉關，並已回到達蘭薩拉住兩個晚上了。他目前待在瑟琳娜的好友，也是長期支助他的卡特萊特（Cartrights）家。

「他真的是千里眼嗎？」瑜伽班的資深學生艾文（Ewing）問瑟琳娜。

「妳真的見過瑜伽師塔欽（Yogi Tarchin）嗎？」才剛從巴西來的弗拉維亞（Flavia）難以置信地望著瑟琳娜。

「喜馬拉雅．書．咖啡」的老闆法郎（Franc）說：「我聽過一個故事說他走路的速度超乎常人。」

陸鐸說：「這叫做『神行者』（lung-gom-pa），是高度開悟的大師的修練。」

瑟琳娜環顧周遭期待的面孔。「我聽過很多有關塔欽瑜伽師的故事。當然，從來都不是他自己說的，他從不講這些事……」

「大師絕不會透露他的『悉地』（siddhis）成就，」陸鐸也確認道。「他的神通力。」

「但是我大概十歲就認識他了，」瑟琳娜繼續說道。「我不懷疑他能感知到大多數人都無法理解的事物。他的靜坐功夫練得很深，所以能夠保持心念清明。他有慧眼，能清晰看見——這不就是千里眼的意思嗎？」她環顧露台四周，其他人都點著頭。

「妳所說的……」弗拉維亞從瑟琳娜望向陸鐸，「難道這些特殊力量，這些悉地成就，不是特別的禮物？不是某人天生就有的能力嗎？還是說任誰都可以練出這種神通力？」

「有些人天生就具有這種能力，」陸鐸加以證實，他說話時有種正經八百的模樣。「但這類能力在那些練習深度冥想的人身上也會自然而然出現。」

「所以說，我們都可以練習成為千里眼囉？」

陸鐸左右搖了一下頭，無可無不可似地。「我們不會一開始就打算要當千里眼。那不是目標。千里眼是，」他聳了聳肩，「只是一種副作用。我們一開始是要養成自己的專注力，專注力越高就意味著越不容易受干擾。對我們大多數人來說，我們的心念就像雪球一般，」他假裝晃動手中的一個雪球。「永遠都有念頭、感覺、衝動。但是像瑜伽師塔欽這樣偉大的冥想大師，他能夠穩定心念，他們所認知到的『實相』與我們是大不相同的。」

陸鐸的學生們靜靜聽他講話時，我抬起頭看向山脈，看著相連山峰的熔金漸漸轉為櫻桃紅，而夕陽也落入對面的地平線下。

陸鐸繼續說：帝洛巴（Tilopa）舉世無雙，若套用他的話來說：

定神凝視虛空，視野所見便不再有；
同樣，當「心」定神凝視「心自己」時，
便不再有相續不斷的概念雜思，
而得至高之覺悟。

有好一會兒，露台上每個人似乎都被定在那個特殊的時間點上，不再有雜思，沐浴在暮光渲染出來的微微光明中。即使是轉瞬即逝的一刻，仍有一種永恆感，一種可以無限的感覺，彷彿帝洛巴的話語本身即讓人瞥見所謂的「超然存有」。

良久，瑟琳娜說：「這些話多美啊。」

其他人則低聲表示贊同，弗拉維亞接著說：「所以說千里眼和其他神通並不是我們要去努力獲得的東西，是在我們放下後才會到來的。」

「沒錯！」陸鐸表示同意。「我們大家都需要放下，尤其是要放下我們對自我的過度關注。」

「自我也是內心傷痛的本源，」瑟琳娜感同身受地說道。我想起她最近來找過尊者，她對於自己亂發脾氣有多難受。她所有不快樂的真相全傾倒出來這些事。

**我還想起了達賴喇嘛的說明，他解釋說唯有對自己情緒的「起因」承擔起責任時，內在旅程才會開始，而無論我們有多相信，甚至是想要相信這「起因」就是來自於外面的世界，但這起因其實正是我們自己內心深處的「心念」，他還說「棄絕」意味著要擺脫這些不快樂的真正原因。這是修行成就的第一「爪」。**

「『放下』，這裡面有很多智慧，」陸鐸說。

「平靜也是，」瑟琳娜同意道。

微風有如漣漪在岡格拉山谷（Kangra valley）蕩漾著，不僅發散著喜馬拉雅山的松樹香，也傳來教室周邊家家戶戶正在準備的飯菜香。學生們大多要起身離開了，他們雙掌合十，離去時都低聲向陸鐸說「南瑪斯忒」（namaste，我向你內在的神致意）以表達感謝。

瑟琳娜和法郎都留在原地，我也是，我們不急著上哪兒去，特別是此刻，那些活生生、正在吐納的山巒開始沒入漸深的暮色，其峰頂由深紅轉為暗紅，正寸寸變暗。

「這裡是我最喜歡的地方之一，」瑟琳娜指著她倚靠的露台欄杆，面向著連綿起伏的山脈逐漸消融至無盡。

其他兩人隨她的目光看去。不一會兒，陸鐸吐露道：「在我離去之前，我會想知道這個教室在沒有我的情況下也可以繼續存在著。」

「去哪裡？」法郎問。

陸鐸轉身看著他，帶著微微受驚的表情。「死掉，」他用德國條頓人（Teutonic）的坦率口氣說道。

「但是，您還是很重要的，」瑟琳娜大力搖搖手。

「我七十五歲了，」陸鐸說。「身體還算健康。但是未來會怎樣呢？我不能管事時，誰來接管瑜伽教室呢？」

「您的學生都很出色。」

陸鐸點點頭。「我的確很榮幸能教到他們，」他同意道。「但他們每個人都有自己的生活、工作和家庭。要接管這樣的瑜伽教室是一份全職工作。」

瑟琳娜和法郎都默默地想著這件事。

「還有信任的問題。每年有很多本領高強的瑜伽老師來到這裡。」

真的。尊者吸引的不僅是虔誠的佛教徒，還有各種靈性追求者，對其中有些人來說，瑜伽是一種很寶貴的冥想方式。有許多人是待在達蘭薩拉期間自己找到「下犬瑜伽教室」來的。

「許多人立意良善，也願意繼續待在這裡。但是，他們是否有生意頭腦，因為這也是必要的條件？又要如何確保他們會繼續帶領學生們都很重視的練習法呢？」

半明半暗中，陸鐸咯咯笑了起來。「還有另一個角度來看這件事。我先前談放下時，我有點是在說給自己聽的。我們教人家的東西正是我們最需要學的東西，對嗎？我告訴自己，我想確保自己的學生可以得到照顧。但也許真正的原因與我自己的『自我』有關。」

「對啊！」瑟琳娜同意道。「『自我』是很圓滑的。『自我』很擅長把它的真實意圖用很高大上的目標包藏起來。」

「這東西我常覺得疑惑，」法郎有點悶悶不樂。「我告訴自己說，我是出於慈悲心而做了某事，但後來我會懷疑自己。你知道，當初來到達蘭薩拉的法郎——以前那個法郎——只對特立獨行有興趣。我沉迷於佛教那些噱頭，加持過的線繩、手環和灌頂，念珠串和剃光頭，渴望成為一個特別的人。但是後來我遇到了旺波格西（Geshe Wangpo），這才領悟到那些舉動毫無意義。沒有人真正在乎你是佛教徒，更不在乎你不是佛教徒。我到底想要打動誰？我意識到其實重點在於內在的轉化，於是才開始嘗試改變自己的生活。」

我聽見瑜伽教室裡有動靜，有人撥開珠簾走了進來，並在走向我們圍坐的露台前暫停了腳步。黑黝黝的四周好像讓法郎更容易自我表白了。

「最近我一直在想，我是否真的有那麼大的改變。我發現自己會像以前那個法郎那樣想事情，這些事情都一樣，都是以自我為中心，到最後也都於事無補。陸鐸，就像您說的那樣，我會告訴自己我做某件事是因為這樣，但真正的原因可能是那樣。我好像一直都是這樣的。」

「法郎，我覺得其實你說出我們大家的狀況了。」瑟琳娜很贊同。

「真正的內在改變……」陸鐸說：「是一生的功課。」

「喔，」法郎的口氣是不相信的。「有件事真的很掃興。好幾個月來，我一本佛經都讀不下去，我冥想做得亂七八糟的。有時候，我覺得真不知道自己為什麼還要白費功夫。」

「你和旺波格西談過嗎？」陸鐸問。

法郎哼了一聲。旺波格西這位尊勝寺有名的喇嘛是一位有影響力的人物，他不容許散漫。「我知道他會跟我講什麼，」他模仿格西的語氣說：「必須要多一點熱情，多一點耐心！」

夜色更深了，除了從瑜伽教室流瀉到外頭的燈光，露台上已幾乎全暗。當夕陽送上最後一回祝福後，喜馬拉雅山善變的冰雪群峰捕捉了月亮升起時縹緲的冷光，也轉為銀色。

良久，法郎說：「真希望我能找到方法，重新修練佛法。」

片刻沈默後，從露台另一頭傳來溫暖又有點調皮的聲音。「你應該要小心的是你想要的東西。」

瑟琳娜第一個認出了來者何人。「瑜伽師塔欽！」她驚呼著站起身來，並快步迎向他。

瑜伽師塔欽身穿立領的輕便襯衫、棉褲，打著赤腳，他把鞋子留在入口處，看上去與你在晚間的達蘭薩拉可能會碰到的任何男子並無不同。然而，他臨在的力量是馬上可以感受得到的，而且也是錯不了的。當他與瑟琳娜四目相望的那一刻，他容光煥發，所流露出的溫暖與喜悅之情似乎滿溢整個露台，流淌進夜色中，連喜馬拉雅山也都因而盈滿了。

他們兩人擁抱時，陸鐸和法郎也要站起身來。「不用不用，請坐著就好！」客人想要阻止，卻敵不過他們。很快地，他們各自熱情地抱了抱他，幸福的感染力觸動了大家的心。

瑜伽師塔欽低頭看向著我的所在。「我看尊者貓一直都在，」他笑起來的時候，山羊鬍子也跟著動起來。

「我們剛剛才談到你，」陸鐸說。「聽說你閉關結束，回到鎮上來了。要我幫你倒些茶嗎？」

瑜伽師塔欽鞠躬道：「謝謝你，陸鐸。但我來這裡只是來帶個信息給瑟琳娜。」

陸鐸和法郎都看向瑟琳娜——我也一樣。瑜伽師三年閉關結束後，要給妳一則信息！他將要透露什麼深刻的洞見嗎？只有他的千里眼才看得到的驚人天啟？一項奧祕難解的真理？

瑜伽師塔欽感知到我們都在想些什麼，於是他看著瑟琳娜閃亮的雙眼。「是妳母親要給妳的。」

瑟琳娜的眉毛咻地往上挑了起來。

「她想借用『喜馬拉雅．書．咖啡』的攪拌器，也想問妳可不可以幫她準備今晚在卡特萊特家的晚餐？」

瑟琳娜搖搖頭，露出難以置信的眼神，母親竟差他來做傳話這種小事。「只有我媽會這樣啦！對不起，仁波切。她不應該把您當成信差。」

他輕輕笑了起來，也輕鬆地聳了聳肩。「妳母親是我多年好友。今晚出來散散步也很棒。」他大手一揮似乎就將高聳的山巒、山谷裡家家戶戶窗格裡的亮光、夜風中熱情的喜馬拉雅松樹的微妙香氣都收攏進來了。每每有瑜伽師塔欽在場時，總會覺得時間好似暫存於一個不同次元，幸福無限。

他往後退一步，雙手合十在胸前。「謝謝，謝謝，謝謝。」他看著我們每個人說道。

「我想我也該走了。」瑟琳娜說著，並向瑜伽師塔欽致意表示收到信息了。

瑜伽師塔欽轉身離開時，瑟琳娜和陸鐸也陪同著他走過教室。瑟琳娜匆忙套上涼鞋時，他正要推開珠簾，不過卻停了下來，並轉身對陸鐸說：「希望你來和我們一起吃晚飯？」

這個意外的邀約讓陸鐸的臉上洋溢著喜悅。「這樣就太好了！」他說。「有開悟的嘉賓，還有春喜家母女倆烹調的美味佳餚。你知道的，他們是全喜馬偕爾邦最棒的歐餐主廚！」

「這一點我毫不懷疑，」仁波切咯咯笑著，伸出手來握了握陸鐸的手臂。「讓你想念起故鄉了嗎？」

「對，很想念。」

「或許，」仁波切意味深長地看著他，「是時候享受一趟回德國的假期了，你當之無愧啊。」

陸鐸看起來很驚訝；仁波切很少會直接給人建議，像這樣的真的很少。可以肯定的是，身為瑜伽師的他之所以會這樣做，他自己是比大多數眾生更清楚箇中緣由的。

陸鐸停頓了一下，然後喃喃説道：「好多年來，我姐姐一直都勸我要這樣做。也許時候真的到了。」

「家人，」仁波切意味深長地點點頭。「非常重要。是不是呢，尊者貓？」他彎下腰來摸著我的胸口，輕聲問道：「瑟琳娜，妳家裡一切都好嗎？」

她點點頭。「您去閉關時，席德和我結婚了。」

「還有紗若。長大了，對吧？」這句話比較像是結論，而不是發問。

瑟琳娜輕輕笑説：「對，她現在真是個少女了！」

他用手指甲頭按摩著我的額頭，那正是我喜愛的按摩法，接著他站起身來。「我看到母女倆關係很親近。」

「仁波切，您現在用的是『密語』（twilight language）嗎？」瑟琳娜匆匆披了一條羊毛圍巾在肩膀上。她指的是藏傳佛教徒談論教義時有時會用隱祕的方式，就是使用符號和隱喻，在替代説法的面紗下掩飾他們真正的意思。」

「噢，沒有啊。完全就是字面上的意思。」

真的嗎？我納悶著。在那個情景中，誰是母親，誰又是女兒？

陸鐸向他們揮手告別後，他們便離開瑜伽教室，走上街道。

「仁波切，真的很開心您回到達蘭薩拉，」瑟琳娜轉身離開前抱了他一下。「我很想念您，即使您總是……」她摸著自己的心。

他把雙手放在額頭上，之後再看著她時，彷彿有一波波如大海般無條件的愛從他的心湧向她。

他們各自踏上自己的歸途後，他才突然想到似地大喊：「再見！祝福今天出生的朋友，生日快樂！」

## 「內心」於何處終結？「身外之物」又是從哪裡起算呢？

幾天後的午休時間，我正在行政助理辦公室的文件櫃高層例行小睡，忽然間聞到聖羅蘭科諾詩（Kouros）鬍後水而驚醒，香氣雖淡但錯不了的。我抬起頭，分析了一下氣味成分，然後跳到丹增的辦公桌上；丹增的雙手在鍵盤上忙碌著，我則是在有相當把握的情況下，能把我那束豐滿濃密的尾巴滑過他的手背那樣，這才走到桌子邊緣。我很快就要下樓了。

果然沒錯，我一到達廚房，便發現外面的大門是打開的，而法郎則從前院的一輛貨車下了好幾箱新鮮蔬菜。片刻過後，瑟琳娜也抱著另一箱跟在他後面走進來。顯然，他們在儲備貴賓餐會的食材。

他們卸完了另外好幾個裝滿調味品的大紙箱、盒子和盤子後，瑟琳娜「哇！」地呼了一大口氣。

我蹲伏在小台階上，這裡也是我慣用的廚房觀景台；看著她用手背邊擦額頭，邊看了法郎一眼。「想喝什麼嗎？」

「來杯水吧，」他點點頭。

她在櫃檯上放了兩個杯子，然後打開冰箱門。

「妳還好嗎？」法郎問。

「當然囉。為什麼這樣問？」她倒出冰開水，遞給他一杯。

法郎喝下好大一口的水，然後才說：「妳今天好像不太一樣，心情比較輕鬆的樣子。」

瑟琳娜給他頗為詫異的一笑。「有那麼明顯嗎？」

「說一下嘛，」他提議道，臉上也露出神祕微笑。「爆個料吧。」

「我剛才簽下一份香料包的大合約，」她的笑容更燦爛了。「這家公司啊，他們以前其實是競爭對手，最近在產品採購上遇到問題。他們經銷的量很大。我們產品雖然很多，但經銷真的不行。」

「天造地設的一對？」

「真的！」她搖頭驚嘆道。「這一切都來得太快了。我還在處理當中，但是已經讓我鬆了好大一口氣呢。」

「我可以理解。」法郎點了點頭。「我也為妳開心。妳是怎麼做成這筆生意的？」

她稍微想了會，眉頭先蹙了一下再告訴他說：「那正是最奇怪的一點。其實，這全都歸功於瑜伽師塔欽。他前天晚上說的那些話。」

「在瑜伽教室？」法郎的表情轉為好奇。

瑟琳娜點點頭。「我正轉身要走，他就大聲說要跟那天出生的朋友說生日快樂。有點自發性那樣說出來。有點怪。你知道的，仁波切就是那樣。」

法郎點點頭。

「那天晚上後來，我收到社交媒體的提醒信息，說那天是狄恩妮．德萊尼（Dionné Delaney）的生日。我們倆在倫敦時曾經是同事。她還待在那公司。我們關係說不上親密，但還不錯。通常，我不會去關注什麼『生日快樂』提醒，但是，當然，這一次我做了。我寄給她一句祝賀的短語。

「接下來她就給我發了一則信息，我查看了她的個人檔案，這才發現她已經轉到這家食品公司任職，是他們零售類產品的總監。由於產品短缺，他們本來計劃要整個撤出香料產品市場。但現在……」瑟琳娜很興奮，整個人都明亮起來。

法郎搖了搖頭。「誰會想得到一堂瑜伽課就能帶來如此巨大的改變。」

「對啊，」瑟琳娜表示同意時，但見他神色有異。「還有什麼嗎？」

法郎點頭説道：「妳不是唯一一個有類似經歷的人。」

「你也有？他說了什麼？」

「你應該要小心的是你想要的東西。」

「我記得，」她點著頭。「在露台上。那是怎麼回事？」

「當時我也不知道。只覺得他好像是針對我說的。那天晚上我睡覺時，做了一個超真實的夢，瑜伽師塔欽就在我夢裡，在我身邊引導我度過難關。嗯，是『文殊菩薩』的相，但我知道那其實是瑜伽師塔欽。」

「不可思議！他帶你去哪裡？」

「兩個地方。其實，有好幾個地方。一開始，我們在一個可怕的戰場上，有人被抛到地上，有人的身體被鐵鍊纏住，佈滿燒傷痕跡，接著又被怪物般的巨獸肢解。」

瑟琳娜拉長了臉。

「整個過程中，瑜伽師塔欽一再重複同樣一句話：不需要身體，不需要身體，接著出現一個火爐。我們要走過這個東西，瑜伽師塔欽不斷指著這個、那個的，我都不知道他到底想給我看什麼了。然後我聽到微弱的哀號聲，我意識到真的有眾生在大火裡面，但是幾乎沒辦法把他們和大火分開來。好像他們永遠都要受這種折磨似的。」

「是一場關於地獄的噩夢？」

法郎點點頭，「一開始是這樣。但忽然間就變了，我們來到了天界，房舍富麗堂皇，那裡的人都超乎尋常的美麗，他們只需眨眨眼睛，想要的一切就會顯現出來。瑜伽師塔欽仍然在我身旁不斷地說：不需要身體。我們所在的這個地方，非常美，那些美麗的人物當中最有智慧者正在為人類重新投胎而祈禱。這裡沒有什麼追求靈性成長的動力，也沒有教導學習。一切都很棒，卻完全無意義。」

法郎盯著瑟琳娜。「在我心中，這個夢境仍然很清晰。我閉上眼睛就可以回到那裡。」

「這樣……有意義嗎？對你而言？」

「有啊！伴隨著那些景象，我理解到很多事情。瑜伽師塔欽說『不需要身體』時，他的意思是，即使我有這些親身經歷，但是我的身體並沒有涉入其中。我還是知道我的身體正躺在家裡的床上，但是我卻能聞到受刑者的肉身燒焦的味道。我能聽見美麗的天界各大花園裡繁花盛開的樂音。」

所有的一切看起來、感覺起來都是完全真實的。

「那時候，我才明白人死之後，即使沒有身體，心靈也是可以繼續下去的。就好像做夢一樣，夢裡我們可以像醒著那樣去如實體驗所有事物，甚至更為真實，有如「超真實」（hyperreality）。而我們的心靈正在製造這種實相，我們心中所升起的就是我們所經歷的，沒有誰可以將我們綑綁在另一個實相裡面。我們的實相就是我們自己的心靈所投射出來的，沒有別的了。」

瑟琳娜點點頭。

「這讓我領悟到，失去這個人體時，」他搖了搖頭繼續說：「我們所帶走的就只是我們的心靈和思維慣性。從死去的那一刻起，我們的所有財產、成就或名聲都不再有任何價值。唯一重要的是我們所習慣的思維模式。」

聽完了這些後，瑟琳娜說：「瑜伽師塔欽說：『你應該要小心的是你想要的東西。』」法郎點點頭。

「你想要的是什麼？」

「還記得我在露台上告訴過妳和陸鐸，我的修練遇到撞牆期了。沒有動力了。」

法郎看上去蠻難過的。「直到夢醒後，我才想起我希望自己能找出方法，讓自己重新修練佛法。」

「聽起來在那方面你已經沒有問題了，」瑟琳娜眨了眨眼。

「一旦親身經歷這樣的事情，真的會讓妳更清楚瞭解到這一生有多美好，我們有多美好。這是塑造未來多棒的機會啊。」

瑟琳娜笑了。

我在廚房台階上，輕輕地喵喵叫。

「對啊，」瑟琳娜説道。「好棒喔，所有一切。尤其是我們這一路上所遇到的眾生。」

那天稍晚，同樣的事件又發生了。這一次，入侵者太大膽了，甚至沒等到午夜就動手。他們開始尖叫時，尊者正與丹增和奧力佛（Oliver）進行傍晚匯報。火力全開。

在窗台上休憩的我即刻跳了起來。我全身貓毛直豎，走過房間。房裡坐著三名成年男子，還全都是醒著的呢。老鼠大軍都把樓下給翻了，他們當然不會只在那兒坐著，什麼都不做吧？

但他們繼續聊天，根本不管樓下吵翻天。他們熱切談論尊者即將前往紐約的事，彷彿一切都再正常不過。

我釋放出一聲又長又低沉的，還帶有威脅性的「喵嗚」，那群男人朝我看過來。

「尊者貓，怎麼了？」丹增問。

從樓下那幫囓齒動物的尖叫聲來看，他們在數量上、聲量上都已經擴大。

過了片刻，仍沒有一個男人表現出要行動的意願，於是我便像幾天前晚間所做的那樣，開始用爪子抓門。

就在那個時候，達賴喇嘛起身走上前來，要用雙手把我抱起。但這次與以往不同，我已經為接下來的事情做好了準備。我一感覺到他的手要伸過來，便從他的掌握中跳開，死命狂奔，閃身躲進書桌下方，我知道那兒有個角落是他的手伸得再長也搆不著的。但那是如果他有打算抓我的話。而這次，在這種情況下，他並沒有這種打算。

我等了一會兒，結果他跑回去聽匯報，我想知道到底為什麼這三個人對於不遠處的掠奪和破壞事件都能視而不見。我從書桌底下現身，回到他們一心一意規劃旅行的地方，囓齒動物的尖叫聲突然從興奮轉為恐懼。然後就完全停止了。

不久後，門上傳來瘋狂的敲門聲。奧力佛站起來，讓快瘋掉的春喜太太進來。「牠們又來了！」她邊哭泣，邊舉起手臂抱著頭，兩手的鐲子鏗鏗地響。「老鼠！我抓到老鼠了。有十幾隻！媽媽咪呀！牠們把明天要做鬆糕用的海綿蛋糕全給毀了啦！」

春喜太太的火爆性子雖說近年來已收斂許多，但她的情感仍然有大自然等級的威力，刷上濃密睫毛膏、框住雙眼的眼睫毛，熱情閃動，這與尊勝寺尋常所見大異其趣。

「春喜太太，真是對不起。」達賴喇嘛道歉了，好像老鼠是他本人帶進來似的。「哦，尊者，別，別這樣。這又不是您的錯。」她突然看著坐在地毯中間位置的我。「如果我的小寶貝在那裡，她只需一瞪眼，老鼠早就跑光光！」

接著，丹增便指出：「她剛剛一直在抓門。」

達賴喇嘛點點頭。「她幾天前也有這種情況。半夜把我吵醒，還很激動的樣子。老鼠跑進食品櫃裡是星期二的事嗎？」

「是啊，是啊，」春喜太太連忙點頭。

這時所有人都轉過頭看向我，丹增則用虔誠的口吻發話。「或許尊者貓也是千里眼？」然後他想了一想，「倘若她其實根本不是貓呢？」

哦，這可真說對了！我心想。這個想法真的好棒！眾所周知，佛陀和菩薩能夠以任何有益於眾生的形相顯現。如果說我的真實身分是菩薩，是一個開悟的靈魂以令人歡喜的毛茸茸形相顯現呢？這個想法我倒是可以慢慢去習慣！

奧力佛說：「我覺得可以有個較為通俗的解釋。」

所有目光都轉向他，包括我自己這雙冰藍色眼睛。「貓的感官與我們完全不同，」他說。「他們能聽到比我們高兩個八度的聲音。因此，她很可能在這兩次都有聽見老鼠的動靜。她很可能想問為什麼我們都不做些什麼，把老鼠趕跑呢。」

我還不確定該怎麼想這件事。雖然「我能聽見人類聽不見的東西」這種解釋十分討我的歡心，但我還是比較喜歡高級一點的說法。

「你可以叫她順風耳。」達賴喇嘛的結論把我從困境中解救出來。「如果誰有尊者貓這種聽力範圍，我們會說他是超人。」

「有超聲波聽力，」奧力佛同意道。

「像超人一樣，」丹增說道。

「有神通，」尊者呵呵笑。

那日，我們一起消遣夜間時光，我在床尾休息，雙足收攏於身下。尊者放下了正在閱讀的書，轉過來看著我。「雪獅啊，這世間竟有這麼多種奇妙的意識存有。」

我知道他指的是那日稍早他們在談論老鼠和我的事。

「有些人認為自己的感知能力沒什麼。對其他人來說，卻是非同小可的。最重要的是，我們每個人都有能力發展自己的心智，培養能力，這樣一來，既可助人，也能自助。」

他說話的時候，我抬頭看著他。對我來說，他說的話是世界上最舒服的聲音。

**「認為自己很平凡，這是多大的浪費，而且事實剛好是相反的。沒有體認到這一生帶給我們的寶貴機會也是。『棄絕』不僅是要擺脫我們痛苦的根源；『棄絕』也意**

**味著要活出我們的真實面目。超越平庸，實現我們自有的佛性。」**

我回想起法郎做夢遍遊不同的天堂與地獄，他的直接體驗是，唯有「心」和「思維慣性」會持續下去。我也想起瑟琳娜意識到自己之前不快樂的原因並非來自於「身外之物」，而是來自「內心」——而她一旦放掉執著，她所經驗到的實相就開始有了變化。

「內心」於何處終結？「身外之物」又是從哪裡起算呢？這是否解釋了法郎所說的「實相就是我們自己心靈的投射？」據說，一個開悟的靈魂，無論在什麼情況下，他的經歷都會越來越幸福，這就是其背後的原因嗎？

達賴喇嘛慎重地闔上書本，把書放在床頭邊櫃上，然後雙手合十。「這就是我們要托庇於佛、法、僧的原因，」他閉上雙眼，喃喃自語道。「我們都說，『對啊，我有佛性。我有一顆能夠完全開悟的心。我將得到開悟，既為自己，也為所有他人，平等且毫無例外。』這是我們靈性之旅的第一步，四個法則中的第一法，我們每次藉由看見佛像就會看見這個法。」

啊，我們有嗎？真是想不透。自從尊者提過這事以來，我就花了很多時間研究佛像和壁畫，而無論怎麼努力，我什麼也看不見。這可不像佛陀手裡拿著的四件特別的東西，或說四件個別的裝飾物。不管這四個東西是什麼，它們仍舊是個謎，一個我希望能及早破解的謎。

他默默地靜坐了一段時間。好吧，不是完全都默默，因為我在床腳邊一直發出感謝的呼嚕嚕聲。難道在凝視著一顆開悟的心時，還有別種比呼嚕嚕更合適的配樂嗎？

達賴喇嘛俯身關燈。「我的小菩薩，晚安。」他喃喃說著，一如每晚同一時刻所做的那般。

一如往常，我也放聲大呼，直到我倆都入睡。

第二天早上，達賴喇嘛坐在書桌前時，丹增帶一位不速之客走進來。

「我並不想佔用您的時間。但我現在要回家幾個星期，就只是來說聲再見。」是陸鐸，他每隔幾年要離開達蘭薩拉一陣子時，都會來跟他親愛的朋友禮貌性的道別。

尊者從他的座位起身，兩人互相鞠躬，互碰額頭以表達深切的敬意。

「我覺得這趟旅行會很棒，」達賴喇嘛對陸鐸說。「非常有助益！」就達賴喇嘛而言，有益處是最大的德行之一。

我還記得瑜伽師塔欽在「下犬瑜伽學校」的陽台上給陸鐸的建議。看來他的確身體力行了，並沒有浪費時間。

陸鐸只待了幾分鐘，談了談他們在德國的共同朋友的消息，然後就要告退了，他以傳統藏族表示敬意的方式，先後退到門邊，之後才轉身離去。

片刻後，我從窗台上看到他走出這棟建物，穿過庭院，坐上一輛等候他的計程車。

我沉思著，從幾天前在瑜伽教室露台上的那晚開始至今，事情都起了哪些變化。瑟琳娜已經找到解決她業務問題的方法，現在無事一身輕。法郎的佛法修行，已經從沉睡中一躍而起。陸鐸當之無愧，應該要回自己家鄉度個假的，也已經上路了。凡此種種都讓瑜伽師塔欽這次關於「母女之間一直都很親」的神祕言論指向了我。

在那個晴朗的喜馬拉雅山早晨，我視察著尊勝寺大廣場上一再上演的週期性活動時，心中納悶著瑜伽師塔欽指的到底是什麼？或者，這話到底是對誰說的呢？

# 第三章　要假到成功為止！

旺波格西問：不開悟的你是誰？

身為一隻擁有諸多名號的貓，又如此受眾人愛戴，您可能會以為多一個頭銜才不會有多大影響呢。親愛的讀者，您可能那樣想，但那可就錯想了。

這個特別的名號不像我其它的名號，它是與眾不同的。它不是因為我與誰共同生活而授予我的（尊者貓），也不是由於情況丕變而來的（斯瓦米），甚至不是出自我不凡的好基因（有史以來最美生物）。不，這個名號是我自己掙來的，是因為一個啟發我的召喚而降臨的。而且這個名號讓我感到深深的心滿意足——有一種幸福的質感，是與春喜太太呈上一碗碎雞肝丁兒，讓我有卯起來大吃一頓的好心情完全不一樣的質感。

**希望自己幸福，便應該設法給予他人幸福，這是一個普遍真理——給予，便有所獲**

如果我沒有在某個宜人的週二夜，漫步走過廣場回尊勝寺，我這個新的天命根本就不會到來。

我想告訴你，是尊勝寺最受敬重的喇嘛之一，旺波格西要教導眾人的誘餌，在那一晚引我從窗台上跳了下來。哎呀，就是單純一份好奇啦。

儘管法郎和瑟琳娜以前都會固定去上「格西拉」（Geshe-la）週二晚間的課，但最近幾個月，他倆的出席率已大不如前。我很想知道瑜伽師塔欽上周帶給他們的體驗是否會讓他們重回寺裡的坐墊上。

我讓尊者繼續與奧力佛就新書的翻譯深入討論，自己就走下樓去，穿過廣場步道，踏上通往大殿的台階。接著跳上後方的擱架，幾年下來這裡已然成了我的地盤，在這個非凡空間裡所發生的一切，從此處看去可說是一覽無遺。

寺裡的晚間是我最喜愛的時光。外頭一片漆黑時，前殿供奉的酥油燈閃爍著，讓佛像的金色面孔顯得栩栩如生。各種牆上掛畫及裝飾物在微風中輕輕擺動，令室內充滿能量。這個地方如此殊勝，彷彿可以感受到無數的佛與菩薩的臨在。我感覺到有一種能量，即這些聖物和修行法門吸引到了無數開悟靈魂的臨在，有如蓮花池總能吸引天鵝到來一般。隨著來人漸多，各自在褐紅色的靜坐墊上就座，那種開放、交流的感覺也益發強烈。

旺波格西週二晚間的課程所依據的是「道次第」（Lamrim）或稱「成佛之路」，這是尊者所傳承的傳統經典中的精髓要義。雖然聽者大多數是尊勝寺僧侶，但達蘭薩拉一般居民也可以來參與討論，在場居民我也認識幾位。「喜馬拉雅．書．咖啡」的書籍部經理山姆（Sam）與他加拿大籍妻子布蘭妮（Bronnie）就在那邊。瑜伽班來的艾文．克里普斯賓爾（EwingKlipspringer）和瑪麗莉（Merrilee），當然，陸鐸今晚就沒來了，儘管他一向都會來。我坐定後不久，瑟琳娜也到了。相較於之前壓力過大，怒氣沖沖撇下達賴喇嘛的她，如今的她已是不同版本了。那起事件似乎必然地促成了她長久以來所需要的改變——放下。跟在她身後出現的是法郎，他走到她身旁的坐墊上。我注意到他倆對彼此微笑了一下。

旺波格西一在尊勝寺前門現身，前殿內低聲交談的雜音即刻停止，取而代之的是出自敬意的全體噤聲。他身圓健壯，正是藏人常見的體格，他具有非凡力量，流露出另一種迷人的特質——全然的善念。

旺波格西在教席上就座。循例吟誦「道次第」的偈語，人人都在冥想中靜心後，他環顧四周這些期盼的面孔。「今晚我想談談藏傳佛教的核心修行之法，」他說。「內容是關於這個法與其它傳統，亦即其它佛教宗派的不同之處。我們有許多很棒的修行方法，或思維工具可供使用。針對性情不同的人有不同修行方法。這個傳統並不是千篇一律、一成不變的！」

周圍響起些許笑聲。我想起法郎、陸鐸、春喜太太和奧力佛，我體認到他們之間是有很大的差別的——他們各自所採用的不同佛法又是如何改變了他們每一個人的生活。

「無論你想做的是什麼，是哪一種特定的冥想或活動，除非有這一個重要的修行法來啟動，否則這些冥想或活動的價值都會有侷限。」

旺波格西在傳達教義時有一種特色，就是會讓人想繼續聽下去。他說的事好像有不斷開展的情節，可以讓聽眾保持懸念。即使大家都以為自己知道會發生什麼事，卻仍然不敢掉以輕心，都要專心地等著確認結局。

「佛教對『愛』的定義是『給予他人幸福的願望』。如果希望自己幸福，便應該設法給予他人幸福，這是一個普遍真理。給予，便有所獲。」

他端詳著這一排排的僧侶和鎮上居民，他們坐在他面前，神情專注。「但是『愛』並不是我今晚要談論的修行。」他吸引到所有人注意時，臉上露出一抹淘氣的神色。

「我們佛教把『慈悲』定義為『希望他人擺脫苦難的願望』。因為有愛，所以如果我們希望別人幸福，卻看到他們有麻煩、挫敗、沮喪，或被拋棄，或有什麼困難，我們長養的慈悲心就是促使我們去助人的動力。沒有慈悲心，我們就會冷漠。有了慈悲心，就能產生同理心。我們就可以想像若自己是他們的話會有什麼感受，也會希望把他們從痛苦中解救出來，就好像是我們自己在受苦那樣。雖然慈悲心很棒，」他停頓了一下。「但是，長養慈悲心並不是我今晚要談的修行法門。」

一輛哈雷機車轟隆隆疾駛過附近街道，擾亂了寺內清靜。但在喧囂過後，卻能更深刻地感受隨之而來的寂靜，頗有暴雨讓空氣更加清新之效。也像關掉狂響的汽車警報器之後，突然降臨的放鬆清淨感。有好一會兒，那是大海般寬廣的靜謐。

「我之所以從愛與慈悲心開始講，是因為那是我想要談的修行的根基。也是我們主要動機的整個基礎。

「我們是普通人，對他人的幫助是有限的。我們可以支持一個遭受損失或心情沮喪的朋友。但是，我們無法阻止他們未來繼續遭受損失，或心情沮喪。我們可以在財務上支持有需要的人。但是，再怎麼有錢也不能保障他們不會再有情緒上的挫折，例如疾病會帶來的困擾。

「人生的問題很多，種類也各不相同。我們每個人都必須面對無常。因為只要還陷在生老病死這種『世俗諦』（conventional reality）裡，就不得不去面對無法預測、充滿挑戰的人生。

「我們活著，唯一必須要肯定的是，在未來的某一天，我們一定會失去所擁有的一切、所珍惜的每個生命、所珍惜的每一項成就，並且還要從此生繼續前進，期待再也不用以這種方式去經驗實相。

「對藏傳佛教徒來說，這是無法接受的。對我們自己，對別人都是無法接受的。我們希望給別人的不僅僅是短暫的支持，不僅僅是有限的幫助。我們尋求的是一個永久的解決方案。」

我環顧寺內，察覺到所有人的眼睛都盯著旺波格西，殷殷期盼著。

「人們之所以認為佛陀是開悟的，是因為他找到的方法能實現長久的滿足與自由。在量子科學出現之前兩千年，佛陀便已證實我們以為是具體真實的東西，實際上是人心的投射。改變內心，就可改變我們的經歷。

「你可以說佛陀創造了終極的自我發展計劃，因為透過佛法，我們可以超越世俗諦、平凡生死，並到達喜樂無邊的境界。

「這是我們為自己，也為別人所找到的。不是用有設計瑕疵的模型來短暫修復，而是依據事物的真實存在所提出的永久解決方案。」

格西拉在座位上傾身向前，為了強調，他的聲音顯得更加低沉。

**「我們為眾生而追求開悟時，這就是菩提心（bodhicitta）。這是我們的主要修行法門。因為要給予別人幸福，且要幫助他們擺脫苦難的願望不只是一時的，也是永遠的，所以菩提心便是我們人生的意義所在。我們希望成佛，如此便可幫助眾生達到同等境界。這是人類所能設想的意圖當中最為利他，也是最具全景考量的。」**

寺裡掀起了一波振奮的浪潮，那些預料到旺波格西結論的人臉上也紛紛浮現出笑容。

「菩提心不僅最具利他的意義。菩提心本身就是開悟的直接原因。」喇嘛面帶溫柔笑容看著大家，並問道：「會這樣子的可能原因是？」

前排傳出喃喃低語的回答聲，然後某位比丘相當清楚地說出「行動」（Karma，業）二字。

旺波格西點了點頭。「說得好，」他同意道。「我們受菩提心激勵時，相同的行動會帶來更為顯著的成果。記住，讓行動有價值的兩件事情是『對象』，以及，很重要的『意圖』。」

「菩提心在淨化負面事物上，在創造功德上都是最為強大的，因為我們動機的對象是全宇宙空間裡的每一個眾生。我們不只是要幫助一個人、一群人，或其他生物。不是！是所有一切眾生，是多得數不清的眾生。」他預留時間讓所有在場的人都能用心瞭解到此一重點。

「至於意圖，我們所追求的是他們的開悟，這個動機是無可超越的。我們不僅希望病人得醫治，窮人得滿足需求，境遇悲慘者得慰藉。我們所關切的不只是他們此生此地此時的需求，還要讓他們永遠擺脫生死輪迴，讓他們獲得完整而圓滿的開悟。菩提心無比強大，據說若以真正菩提心為動機，即使只是餵鳥吃一顆種子，如此行動的業力也是無法估量的。」

「所以，你說對了，」旺波格西回覆剛剛那位比丘。「行動是菩提心可以讓我們開悟的一個原因。但是，還有其它的嗎？」

從以前開始，我就注意到旺波格西喜歡在這種晚課時讓學生參與，而不是講很多的課。結果是對話多過於講課，有互動，也有參與的機會。

針對他剛才的發問所提出的答案之中，有一個我沒聽清楚，而他的回應是說：

「沒錯！思想形塑我們的狀態。當我們的狀態是對菩提心非常地熟悉，一整天都不斷地把菩提心應用到各種行動之中，這就是一步一步地在訓練我們的心。我們就會對所謂的開悟之心更為瞭解熟悉了。

「一開始，我們或許還是在做跟以前一樣的事，但會努力記得要以菩提心為動機。例如說，為朋友泡杯茶，或要投硬幣到捐獻箱時，我們會想起：**願這個行動成為我為眾生利益而開悟的原因**。我們重複這句話愈多次，這句話就愈會成為我們慣性思維的一部分，面具戴久了也會成為真實的本人。這是佛教心理學，」他笑著說。「在西方，他們稱為『模仿學習』，亦即某人已經實現了我們希望實現的目標，我們便以他為榜樣，模仿學習他的行為。追求同樣，就會是同樣的。」

「可是，我那樣做時，總感覺有點假假的，」「下犬瑜伽教室」的資深學員瑪麗莉用她獨特的田納西州口音打了岔。「反正，我還是會投點錢到捐獻箱裡。」

旺波格西看向她，點了點頭。「在初始階段，我們的菩提心是必須編造出來的。」他停了一會兒，然後露出頑皮的笑容說：「要假到成功為止！」

四周傳來零星笑聲。

「要了解菩提心的含義實際上是一生的工夫。但是，必須從自己現在的位置開始做起。隨著時間流逝，透過聆聽、思考和冥想，我們對菩提心的信念會逐步加深，直到由衷而生的境界。自發性的。

「屆時，我們的行動會成為喜樂的真正泉源，既為自己，也為他人。」

有好一會兒，貢巴（寺，gompa）中的每個人都靜默地咀嚼他的話語，唯一的聲音是窗外的微風拂動唐卡畫框底座時，敲擊牆面所發出的輕柔喀喀聲。

有個孤零零的聲音打破了這片寂靜，「要開悟的我是誰？」

發話者是個年輕人，看上去是歐洲來的背包客，我在寺裡從沒見過他。他端坐在靜坐坐墊上，一頭凌亂黑髮、橄欖膚色、五官精雕細琢，身上卻滿是憂鬱氣息。

旺波格西懷著深切的慈悲心凝視他，然後回答說：「不開悟的你是誰？佛陀曾經是個普通人。他有他的缺點。對我們來說很幸運的是，佛陀開悟之後，還告訴我們能到達同等境界的最快方法。」旺波格西定睛迎向該名男子的目光而暫停了言語，在我看來，他似乎受到了某種引導而分享了他接下來所說的話。

「你所以為的『自己只是一個沒有開悟能力的人』，這樣的想法，只是個想法。只是個念頭，只是個概念。一丁點兒都不是具體的實相。因為，」他聳了聳肩，「這個想法對你沒有好處，所以放下吧。不要付出你的注意力而加強它。不要用它其實並不具備的實質內容來抬高它的身價。」

就像聆聽修行高深的喇嘛講課時經常會發生的情況那樣，週二晚間在寺裡上旺波格西的課，我會覺得開悟是確實可觸及的東西，只要伸手便摸得到的東西，就像從這個房間走到那個房間一樣簡單。毫無疑問，這與格西拉的臨在，以及他的教導大有關係。他傳遞出開悟可能是什麼樣子的感覺，您會發現您所有的尋常心思，慣常念頭全都煙消雲散了，而且還會體驗到永恆深遠的平安感。

這份感覺，以及啟發這種感覺的菩提心智慧，在接下來的日子裡一直與我相伴。

後來一連好幾個上午，我跳到窗台上欣賞著午前風光與各種氣味時，忽而聞到一種迷人香氣。一種曾經是我生活裡熟悉的香氣，是沒有好幾個月那麼久啦。但那是我早已忘懷的某個東西，現在想起來了，我自然得調查一番。

我走下樓，穿過廣場，出了大門口。今日，我沒有往右轉前往「喜馬拉雅．書．

咖啡」，而是朝相反方向前進。沿著這路走了不遠，與尊勝寺同一側那兒有個小花園，再過去一點還有個安養院。自我年少與達賴喇嘛同住以來，這個花園我一直很熟悉。要過去安養院的露台的話，也只有一小段距離，而且這裡有人精心養護，花床繁茂，草坪整齊，正中央則有棵宏偉的雪松，樹下有一張很少人用的木頭長凳。

我早已發現把這個地方照料得無微不至的人，正是我初來尊勝寺時視為死敵的那位——尊者的司機。他身型巨大、體格粗壯，他粗魯將就的行事風格，缺乏尊者家裡其他人那種得體圓滑的細膩，起初真是令我飽受驚嚇。我到達尊勝寺的頭一天，就聽到建物地板下方傳來的老鼠聲，最後我總算抓住它，並以凱旋之姿回歸，以口將這鼠輩叼回行政助理辦公室。正當其他人都忙著為小鼠（仍然是隻活鼠）急救，想盡辦法彌補我的小過錯時，就只有尊者司機看了我一眼，給我取了個小名：貓澤東。

這個暱稱從我聽到的那一刻起，就覺得很討厭。因為它雖荒唐，卻又適切，就在那同一瞬間，我就知道它很可能會跟著我一輩子。要與這種惡人綁在一起真把我嚇壞了！盛怒之下，我昂起頭氣噗噗地走開，心中怨恨的一直都是司機，而不是受本能奴役的我自己。雖然在地板下方時忘記「不傷害」原則的是我，但把錯推到司機頭上是容易多的。對我來說幸運的是，這個暱稱並不是太多人使用。司機是唯一一個這樣叫過我的人。

隨著一年年過去，我更瞭解他了，也開始用一種截然不同的角度看待他。雖然他身形巨大，尤其是對一隻後腿顫巍巍的小貓來說真是招架不住，但他也十分友善。我瞭解到由於他內心善良，所以在安養院旁邊的無主地上照料花木，好讓安養院住民們在人世間最後這段孱弱歲月裡，仍可享受到生活中的美好。

這位粗獷巨人對我也極其友善，儘管這一點也花費我好長一段時間才弄明白。在照料小花園時，安養院住民並不是他唯一的愛心焦點。好幾年前的某日，我也是一醒來便聞到了今天早晨吸引我的那種香氣。當時，我再次聽從直覺，就任我那四爪直接引我至花園，在那裡我找到一簇有著心形葉子和白花的植物。後來我才知道原來這些植物正是貓薄荷，是專為讓本貓享受而種下的。

今日，一如往常，我踏著搖晃的腳步從人行道的幾步石階來到了花園。穿過草坪到了花壇後，再次找著了誘人香氣的來源。我嚼綠莖、舔花梗，把臉在貓薄荷群裡摩挲著。欲望讓我招架不住。我全身顫慄，接著就把自己整個拋入花壇中，當然就壓碎了莖桿，讓朵朵香花朝我飛撲而來。

我不在乎。我不壓抑對陣陣醉人花香的渴求，我舒展，我捲縮，我把自己完全浸潤在貓薄荷的花花葉葉之間，每一刻都令我又驚又喜地咕嚕咕嚕叫、渾身戰慄、四處打滾！

突然到了某個點上，那氣味就不那麼強烈了。一向都是如此，效果開始遞減。我不再滾來滾去，就只是躺在那兒，在貓薄荷的快樂回憶裡假寐。

半小時後，我爬出了花壇，甩掉沾黏在身上的幾片花葉，然後做個大致上的梳理。直到那時，我才看向安養院，並見到幾位住民坐在露台上的藤椅。他們一群共有六人，就坐在茶水推車旁邊。沿著露台再過去點，還有另外兩位。過去有幾次，我已留意到他們坐在那裡，卻從未特別關注過。他們就像雕像般靜默，一動也不動，只是偶爾把茶杯舉起或放下。我一向習慣先在花園裡玩耍狂歡，接著沉浸在玩貓薄荷過後的愉快回憶裡，從來都不覺得安養院的露台上會有什麼刺激好玩的。

今天引起我注意的倒不是這些住民，而是在他們身後的那個。是個我前所未見的東西，一扇敞開的門！

那門是有滑動玻璃的那種，過去一直都關得緊緊的。放心好了，親愛的讀者，我一直視調查為己任。因為很好奇在窗簾和那塊陰暗色塊後面還有些什麼東西，我之前已有數次把鼻子壓在那塊玻璃門上，但沒有用。然而，今天從露台通往室內的入口處免收門票。這份邀請難道還不夠露骨嗎？

我從花園出發，穿經花壇，走上一座假山的緩坡。才從成排的非洲愛情花叢中露臉的我，便造成了在露台上喝早茶的住民們前所未有的騷動。

「這貓咪好漂亮！」有人驚呼道。

「竟有這種斑紋！」另一位接著評論。

「那雙眼睛真是藍色的嗎？」第三人問道。

身為「有史以來最美生物」，我對於眾人的愛慕之情早已從習慣轉為厭煩。有時候，我只求隱姓埋名，就算變成一隻花色含糊、外表邋遢的貓都行，可以在路上悄悄來去就好。可就是做不到啊！無論我走到哪裡，總會被人們的注意力層層包圍。

即便如此，這些總在露台上久坐的住民開始表現出各種動作並驚嘆連連時，我還是大為詫異，原因很簡單，我沒想到他們有能力做出這些事情來。我也一直認為他們是一種集體，是一整群的概念，而沒有把他們彼此區別開來。但那天早上，我意識到他們不僅僅是一個個不同的人，而且都有自己的名字。我在露台上停留了足夠的時間，讓一位名叫麗塔（Rita）的年老女士撫摸我，並當眾表示我的尾巴毛量相當豐厚，然後我這才朝著真正想去的地方——室內——前進。

室內有個很大的客廳。沿著牆邊擺放有各式椅子及沙發，間或夾雜矮桌、溫暖桌燈、雜誌和當日報紙。柔和燈光映照著牆上極富品味的畫作，而令我印象最深刻的是：有十來個坐在椅子上的老人形同雕像。他們的模樣宛如我聽說過的那種人物蠟像館。有幾個人把頭靠在椅背上，有人倒向一邊，還有人凝視著半空中，一臉茫然。他們全都一動也不動。

我環顧四周，考察現場，發現只有一個女人好像完全清醒。吉塔（Geeta）一人獨坐，她雙唇開闔著好似正與某人交談，卻沒有發出任何聲音。

第一個出聲示警的人是克里斯托弗（Christopher），他身材高大，一頭蓬亂白髮。「有貓！」他大叫道，好像看到示巴女王（Queen of Sheba）本人走進客廳般。

克里斯托弗自己坐著，佔據了某張沙發一大部分。考量到他語調熱情洋溢，而且因為我不想在有機會好好四處瞧瞧之前就被踢出去，於是便走了過去，跳到他的身邊。他毫不猶豫地伸出手撫摸我，邊摸著邊呵呵地笑。

「哦，我想起來了！」他聲音中充滿情感。「我們家傑克都死二十多年了，妳是我這麼久以來第一次摸到的貓啊……」

我用藍寶石大眼睛凝望著他，注意到他眼中盈滿的淚水。他滿是斑點的兩隻大手抖動著。他穿的外套，袖口磨損嚴重，顯然已經破舊不堪。

我通常是想都不想就會離他遠遠的。但是他撫摸我時，那情感如此直白，讓我不禁想起上週二晚上格西拉的教導。我便開始思考這句話：**願這個善意行動成為我為眾生利益而獲得完整且圓滿開悟的原因**。親愛的讀者，我這樣一想，便立即讓自己對於眼前的事感覺更好了。我甚至悄悄貼近了他，咕嚕嚕地叫了起來。

「哦，她是天使！」克里斯托弗大聲表示。

客廳裡其他人也都走過來，有幾個人用手勢召喚我，或「喵嗚！喵嗚！」地招呼我。我在克里斯托弗的前胸和手臂上來回摩挲，並確認好已在他衣服上留下好幾撮奶油色貓毛，這才跳下沙發，回到地毯。

接下來，其他住民的召喚就更急切了，用手勢問候的也是如此。我走向一個坐輪椅的女士，外表機警靈活的她正拍著膝蓋頭。由於我後腿不太靈光，幾次跳躍都表現不出輕盈感，但是與伊薇（Yvette）有力地按摩我時所帶來的快活相比，那幾個有欠優雅的動作真的不算什麼。

「哦，瞧瞧她的眼睛！」她低下頭來。

其他年老的婦女也從椅子上站起，蹣跚行來。好幾個人的雙手重重包圍上來，加上他們呼吸的濁氣，還有身上那種明顯的藥味實在是倒胃口，無法特別讓我心生歡喜。但是，就像剛剛陪伴克里斯托弗那樣，我又想起菩提心：**願此善意行動成為我為眾生利益而獲得完整且圓滿開悟的原因**。在客廳裡聚集的眾人抓撓戳搗之下，這句話再一次幫助我感受到安適自在。

我帶給他們刺激興奮，那是毋庸置疑的。有位住民說我是當天的亮點，另一位很快就糾正他說——不，是一整個禮拜的大亮點！搞不好是一整個月哪！客廳裡的能量已轉變成興致高昂、歡欣愉悅、熱情洋溢。這裡不再是蠟像館，每個人都想要與我有所交會。

陪過輪椅上的伊薇後，我走向沙發上的其他幾人。我決定要親吻這裡的每位住民，每一次都要想著菩提心。我記得格西拉也曾教我們，練習這種意願越多次，就越能把菩提心深深印在思惟之中，結果原以為的面具就越能變成本人自己。佛教心理學。一再重複之後，我發現自己就想要做更多些。真希望我有多重分身，可以親自去關心他們每一個人。

有一個傳說，慈悲的觀世音菩薩即將獲得涅槃時，他回頭一看卻發現有隻兔子遇險。他無法忍受兔子受苦，於是他告訴阿彌陀佛說他必須回去幫助兔子。阿彌陀佛知道他會在輪迴中看到許許多多受苦的眾生，為了幫助他的慈悲願行，於是賜與他千手千眼。

但願當時，我有千爪千尾，且毛量豐厚！

正當我在客廳裡忙來忙去，我發現有位女士獨坐在一張高背椅裡。她的鼻子插著呼吸氧氣的管子，她臉色蒼白虛弱，幾乎沒有力氣抬起頭來。她的雙手軟綿綿地垂在身旁。但是她的目光卻定在我身上，顯得興味盎然。

我挪身到她的椅子邊，跳到她身旁的靠墊。她身上套著一件輕便長衫，雙臂細長。她面容萎縮，前額皮膚下的靜脈清晰可見。但是，一下子她的表情就變了，微笑改變了她的五官。她心懷由衷的感謝看著我。

她伸出手來撫摸我。我咕嚕嚕地大表讚賞，同時因為想到要以菩提心為動機，所以為求她的福祉，我還提高了音量。接著我聽到從客廳四處傳來的評語。

「這是她好幾個月以來第一次笑了呢，」有個聲音傳來。

「我以為她的手不能動了，」另一位說道。

「以前她說起她的貓啊，就好像在講自己的孩子似的。」第三位說。

室內的吵雜聲繼續攀升，就這樣說說笑笑持續了好一會兒，忽然有另一個聲音插進來。是一個清晰、年輕又帶有權威的聲音。

「有客人來了嗎？」我撇過頭看見的是一位身穿白色制服、看起來有女主人威儀的護士正在用一點暖度都沒有的語氣提到我。

「妳看看希爾達！」有位住民大聲向她報告。「我們還以為她兩隻手都不能動了。」

「真不知道讓貓這麼接近老人好不好哦，」這護士向前走近。「她的現況是需要氧氣才能呼吸啊，萬一有過敏反應怎麼辦？」

「她養過好幾隻貓，還養了好多年！」巍顫顫的聲音傳了過來。

「她喜歡這樣！」克里斯托弗指出了顯而易見的事實。

「但這貓……是流浪貓！」護士指著敞開的門。「我們只知道，這樣的貓身上會帶有很多病。」我轉過頭來，用我貴族般傲慢的目光凝神看她。我？有病？她可知道她在對誰講話？

「大家今天都好活潑啊！」出現了不同的聲音，男性的聲音。他和護士從同一條走廊走進來，脖子上戴著聽診器。他看向客廳其他人都在關注的地方。

「哦，我明白了，」他說。

「我在想我們得把她趕出去。」護士說道。

「查普曼（Chapman）護士，妳為什麼會這麼想？」

「嗯，氣喘是一個原因啦。」

這名男子以一種溫和的表情與眾人確認道：「這裡有人對貓過敏嗎？」

「我！」護士大聲說道。

「我考量的是住民們，主要是他們。如果有需要，我可以開給妳抗組織胺的藥。」

我以前曾遇過另一個對貓過敏的人，此人讓我的生活變得非常艱辛，他甚至試圖禁止我進入「喜馬拉雅．書．咖啡」。幸運的是，幸虧服務生領班庫沙里（Kusali）的睿智，那種令貓痛苦的可能性才沒發生過。但這便讓我極為提防那些對貓心生恐懼的人。

「希爾達已經呼吸困難了，」護士指出。

「但妳看看她的轉變，」醫生說。

查普曼護士把頭傾向一側。「對。」她心裡很清楚沒有人支持自己。「我想是這樣沒錯。」

「寵物療法是很棒的呢。你們都很喜歡這位客人，對不對？」他徵詢眾人意見。

大家異口同聲，熱情稱是。

雖然我在希爾達的椅子上沒待多久，但我看得出來我會讓她太累了。於是我跳下來，穿過房間走向敞開的大門，這時大家都失望地哀嚎起來，我依然告退走出去，一如我的到來那樣，無法捉摸，來無影去無蹤。

親愛的讀者，我後來有再回去安養院。並不是當天，甚至也不是當週。而是隔週，我在窗台上又想要捕抓空氣中飄蕩著的那股肯定是貓薄荷的迷人香氣，也因為那天上午天氣晴朗，所以我又來到了上次我玩得超開心的花園，也再次觀察了露台上的住民。

這第二次的回應就又更加迅速熱情了。我才從非洲愛情花叢稍微現身，有個目光銳利的男子便興奮喊道：「她回來了！」他用手指著我又說：「在那邊！」

頃刻間，坐在戶外的每個人都向我招手。我踩著貓步朝他們走去，用我濃密的軟毛摩擦著每位住民的腳，同時想著以菩提心為動機。我這樣做的時候，同時也感知到室內有一連串的動作發生，客廳裡的人都從扶手椅上站起身，準備要走出來了。

我省去了他們的麻煩。在所有住民中，我特別想見的一位——她並不在露台上。我走進敞開的門，環顧四周，滿眼盡是一張張燦爛的笑容、揮舞的手臂、高聲的懇求。

她剛好坐在她以前坐的地方，一動也不動，似乎無法說話，但她還是用同樣的溫情看著我。我便直接朝她走去。

「哦，希爾達好幸運喔！」伊薇大喊，她的口氣並不是怨妒，反而好像是暗自高興我走對了方向。

「像上次那樣，」另一位叫道。

「可是她上次是四處散播她的愛啊，」第三個人接著說。

「誰？希爾達？」有個男人假裝不知情。

「克里斯托弗，你這個淘氣鬼！」有人回應道。

我跳上希爾達的椅子後，她開始撫摸我，我也呼嚕嚕地大表讚賞，安養院客廳裡的大夥兒同時也都在積極討論，妙語如珠。我用頭輕輕靠在她胸前，然後抬起頭凝視她的雙眼，我感覺到她有多麼想念與貓有這種接觸，以及她對我的到來有多感謝。我始終都在想著要以菩提心為動機。

我繼續巡視，透過他們衣物的觸感、手鐲的叮噹聲、臉上的表情認出了幾位住民，也再次體會到他們每一個人都是個體，而不只是一個大群體。當他們每個人讓我坐在膝上、讓我摩擦胳膊，聽著我咕嚕嚕叫時，我可以感受到自己帶給他們多少快樂。親愛的讀者，我做完這些事情後，發現自己本身有很深的幸福感。不是貓薄荷那種令人無法抗拒、垂涎不已、又驚又喜的快樂。是另外一種很不一樣的快樂。那種深刻的幸福感來自於付出，而不是所獲。來自於用「愛」與他人的心靈連結起來。

不過，這個機構裡也不是每個人都準備好要這樣與我連結的。反正，就是還沒準備好。我看到查普曼護士進來查看大家這麼吵的原因。她朝我這邊瞥了一眼，很快就得到她的答案了。當時我在輪椅上揉著一位女士豐滿的大腿，她並沒想要過來打擾，似乎也不高興見到我。

克里斯托弗比其他人年輕一些，我往他那邊前進之後，整個局勢才出現了變化。這位大夥兒口中的「淘氣鬼」眼中有調皮的神采。我直接踩到他膝蓋上，並發現他的燈芯絨長褲上有好多小色塊。手指頭也散發著一股強烈氣味，我很快就認出來了。是油漆。

護士跑到露台上查看其他住民去了。客廳裡大家繼續聊得很開心，過了一會兒，另一名女子出現了。她看起來神情愉快，但透著一絲自制的模樣；她走進來後，很快便注意到是誰製造了這裡活潑的氣氛。她朝我這邊走了過來。

「喔，妳就是我久仰大名的那位！」她說話的同時，慢慢蹲下身，並伸手撫摸我。

「真是個美人兒。一定是有純種血統的那種，」她說。我從她肩膀看到護士正從她的後方走過來，並看向我們這邊。

「她肯定為這裡注入了活力。我從來沒看過住民們這麼積極地參與！」

「哎呀，是查普曼護士為我們找來的呢，」克里斯托弗抬頭看著護士，眼中閃著光采。「我相信她就是人家說的那種『治療貓』。」

「好棒喔，克萊爾（Claire）！」這名女子看著護士。「這是很棒的創新作法，我希望這位貓訪客可以更常到這裡來。」

這些事情有了意外轉折，竟讓她居功，查普曼護士很高興。「會的，」她說。

「我們會鼓勵她常常來的。」

幾週後的某日，我回到窗台上時，達賴喇嘛正與丹增和奧力佛進行下班前的簡報。

「還有什麼要報告的嗎？」在討論過公務之後，尊者問道。

他們三人向後靠到椅背上，奧力佛眨著眼睛說：「嗯，還有一件關於我們家重要成員的事。」

「哦，是嗎？」達賴喇嘛的臉上表現出有趣的表情。

「幾天前，我在鎮上遇到瑪麗安・龐特（Marianne Ponter），您知道她在那邊經營一家安養院嗎？」他把頭朝向安養院那個方向。

「知道，知道。」

「她告訴我一件事，就是他們的住民們最近有很大的突破。多年來，他們一直在努力，想方設法要培養住民的興趣。讓大家多聊天，多活動。」

「可以保持年輕？」尊者提示著。

「對，」奧力佛點點頭。「他們嘗試過下棋遊戲、電腦遊戲、郊遊、打太極拳。但目前為止，最有效的方法很顯然是有一隻『治療貓』去找他們。」

達賴喇嘛和丹增看起來都一臉困惑。

「顯然，那是最近在許多安養院都發現的最棒的療法。看來，住民能夠與貓或狗一起玩耍時，整個安養中心就都活起來了。」

尊者和丹增都點著頭。「和寵物在一起時，」達賴喇嘛說。「我們可以做自己，無需假裝。」

「寵物會把我們帶回到童年時代，」丹增補充道。

「瑪麗安說，拜訪他們的治療貓特別漂亮。最特別的是，她有一雙藍色的大眼睛，深灰色的臉，走起路來還稍微跛跛的。」

這三名男子同時轉過頭看向我。

「瑪麗安說她很會跟住民們互動，特別是那些身體虛弱的。有位女士已經有好幾週不能動了，卻能夠伸出手去撫摸治療貓。」

「治療貓，」尊者凝視著我時第一次用了這個稱呼。「對我們佛教徒來說，叫她『菩提貓薩』就更容易懂了！」

大家都笑了。

「我很高興她給人家愛與慈悲。」達賴喇嘛繼續說道。「以菩提心為動機，這是我們的修練當中最為重要的一個要素，不是嗎？」

「是您提過的四個要素之一。」奧力佛提醒他之前談過的內容。

「哦，對。」尊者笑著表示同意。「修得成就的四爪之書。」

幾分鐘後，尊者的行政助理都離開了，他便來到窗台上的我身邊，與我共享片刻靜默。他沒有必要因我開悟的行為而祝賀我。也沒必要鼓勵我再去多做什麼。而我自己早已發現，練習菩提心所生出的幸福感，即使是用我那雙顫巍巍的腿去做的，卻仍會是深深的暖心之舉。即使一開始是有預謀的意圖，但是懷著「就裝到成功為止」那樣的想法時，成果就會帶來這麼大的影響，讓我也能有所感。我怎麼會不想再做呢？

達賴喇嘛起身前只說了一句話：「每當看到佛陀時，總會想起第二個要素是……」他瞥了一眼牆上掛的釋迦牟尼佛像。「我的小雪獅，妳有在找嗎？」還真巧，我正找著呢。非常努力地尋找著這四個要素。不過，我還看不出來啦。

第二天早上，我又去了安養院。這次甚至沒在貓薄荷處逗留，便大膽直接越過花園，爬上假山，撥開非洲愛情花來到露台上。一到那裡，我就像個備受愛戴的朋友般受人歡迎。進到室內後，我先去找希爾達。我坐到她椅子的扶手，接受她的撫摸，她用頗為清楚的音量說出「親愛的」。

親愛的讀者，要說那整間客廳的人都因這三個字而群情激動，這種說法並不誇張。那是希爾達這兩年多來所說出來的第一句話！

直到離開前，我的心情一直大好。不僅因為我把修行成就的第二爪應用到自己的生活了，也因為我預期到接下來要發生的事。

我沒有先回尊勝寺，而是往反方向繼續走下去，周遭已轉為郊區後還要走得更遠些。路兩旁的高大松樹形成了一條林蔭大道，兩側均有蓊蓊鬱鬱的綠草覆蓋。離大道頗遠處有幾棟房屋，均有車道通達，但屋宇之間相距甚遠，大概就是這邊看過去有棟山形牆建築，那頭看過去有個屋頂那樣的遠。

全世界我最喜歡去的地方一直都是塔拉弦月（Tara Crescent）路二十一號，一到那裡，我會直接走上車道。這是瑟琳娜、她的丈夫席德、席德第一段婚姻所生的女兒紗若的家。

我在樓下廚房裡偷聽到春喜太太和瑟琳娜最近談話的片段，內容是關於紗若學期末的安排，還有就是她兩天前就已經從寄宿學校回到家裡了。但我告訴自己，即使我對這些談話毫不知情，我仍然可以感知得到這些事。我的貓族直覺會感知到事情已有變化。此路前方的能量已有變化，在席德和瑟琳娜搬進來之前，這棟房子在進行大規模裝修，我首次到訪便感到一股磁性的吸引力。

在車道轉彎處，即可看見這棟建築在幾個月後的樣貌了。這棟平房建築有高塔，結構上是開展的，周圍則有寬敞露台圍繞。這屋子北側的高塔總是能馬上引起我的注意；高塔有兩層樓高，外牆上披覆著常春藤蔓。塔頂的空間則在四個方向都設有大型觀景窗。

我認為這是紗若和我的房間，是享受日月星辰，以及白雪皚皚的喜馬拉雅山的最佳觀景台。無論一年四季或一天中哪個時段，我們都可以在這個地方一起休息，享受彼此的陪伴。在這個房間裡，我們可以像天神般從天界觀賞下方村落的景致，也可以打開窗戶吸收喜馬拉雅山的松香。從尊勝寺的方向一路飄盪過來的林間花香與遠處的鐘響和誦經聲，總是讓此處散發出一種特殊感覺。我迫不及待想回那裡去，今天就可以與紗若在一起了。

走到車道半途，便聽見屋內傳出她特有的笑聲。我加快腳步。每次她從學校回來，我們的團聚總是快樂的時刻。因此，懷著滿心期待與她相見，我便從礫石車道旁的草坪切了過去。

除了滿心的期待之外，我什麼其它的都沒想，可當我離樓下的露台很近時，一抬頭便看到了他。就是幾週前襲擊我的兇惡虎斑貓，就在帕特爾先生的攤位附近！他那身肌肉發達的大個子，我很快就能認出來。我看不到他的臉，因為他蜷縮在陽光下。他在露台桌子的正中央打著盹。好像就住在那兒似的。

# 第四章　沒腦子的慈悲心？

旺波格西說：有多少在你身邊、最親愛的人，能像他那樣測試出你「等持」的能力呢？

我停下腳步，此景此情，我真的沒辦法相信眼前所見。那虎斑貓正在盡情享受上午的溫暖陽光，他的前爪從木桌側邊垂下，雙眼緊閉，看起來完全就是家裡養著的貓咪。他成了這莊園的侯爵大人，這城堡的王。

我到底在原地停留多久，呆若木雞、束手無策，我也說不準。我知道這頭猛獸隨時都可能登愣突然地張開雙眼。若是如此，他一定會看到我的。而且他也一定會追殺我的。

同時，我有點希望有人能出面來改變現狀。特別是，紗若會跑出來，並用某種方式結束這起反常的恐怖事件。

突然間，我身旁的草地上「砰」的一聲嚇死我了。是一大塊泥土！然後爆裂成好多塊碎泥巴，就落在我旁邊。我才意識到這是怎麼回事，就馬上又有一顆泥土炸彈落下來，差點擊中我的爪子。

我抬頭往上瞧。草坪的另一側有個穿著制服的園丁正把手臂往後拉，準備要投擲另一枚泥土炸彈。而且他在瞄準的竟是我！

我啟動本能。轉過身，撒腿就跑。要是直接中彈的話一定會痛死。而且我後腿這麼弱，很可能就會倒地不起——或者打暈過去。

有一枚泥土炸彈在我身後直接爆裂。我倉皇逃脫的勢頭實為生平僅見，竟用超乎我所能想像的速度飛馳起來。在那種心臟撲通撲通跳到癲狂的時刻裡，時間不存在，想法也不存在，只有必須逃脫的恐懼和迫切感。

園丁好像沒再追來。我跑得越遠，泥土炸彈就越少了。在車道拐彎處，這房子即將從我的視野消失之前，我再次回望了一眼。園丁站在同一個地方，手臂正往後拉，要向我這邊再發射一枚土彈。

我無法不注意到那虎斑貓正端坐在露台的桌上，他密切地注意著我。他正用那雙凶惡的黃眼睛看著我節節敗退。

我仍舊加緊腳步奔回大馬路，匆匆躲進松樹底下，仍然只依本能行事，暫時無法理智思考，直到我很確定威脅全部解除了。

我速度放慢後，移動得仍比平常快得多。心情起伏不定的我怎麼想也想不通，也完全不知道要去哪裡或下一步要做什麼。剛剛在塔拉弦月二十一號所發現的驚人事實讓我手足失措。我嚇壞了，又一頭霧水，弄得我整個好亂。我繼續沿著這條路走下去，回到安養院旁邊的花園，接著走回到尊勝寺的柵欄邊。心情仍舊沒安定下來，身體裡的腎上腺素依然在分泌中，我只好繼續走下山坡，這純粹是出於本能，而非有什麼計劃。

午餐時間到了，可能是因為習慣吧，我就一路走下山來，穿過市場攤位來到這裡；在這裡我總能歡快愉悅，埋頭大嚼，不管今日特餐是什麼內容，好好吃上幾大口就能滋養我。這裡指的當然就是「喜馬拉雅．書．咖啡」啊。

我到達時，餐廳正忙翻天。幾乎所有桌子都有人正在用餐。我心煩意亂地，穿過黃銅把手的雙開式彈簧門走了進去。咖啡廳右手邊全是藤椅和白色桌布，牆壁上鋪滿了錦緞織成的西藏唐卡。而左手邊，在華麗的柚木櫃台後方幾步之內，就是備貨充足的書店。櫃檯下方的籃子裡法郎的兩頭忠犬正打著盹，那是法國鬥牛犬馬塞爾（Marcel）和拉薩犬凱凱（Kyi Kyi）。我們互相問候了一下，濕潤的鼻頭互碰的那一剎那便把我帶回到了當下，回到了此時此刻，讓我擺脫了剛才所經歷的創傷。

我走向書店區的階梯，那旁邊就是雜誌架。慣性使然，我爬上我常待的頂層，在《時尚》（Vogue）和《浮華世界》（Vanity Fair）的封面之間待著的我依然閃亮。這是我在咖啡廳的最佳戰略位置，過去七年我就在這兒觀察人生百態，這裡也是無數遊客為我拍照的地方。這裡就是我的日常聖殿、娛樂場所，也是我接受大眾愛慕之情的地方，但是那天我驚覺自己心情定不下來。除了突遭近身攻擊事件之外，後來我也痛苦地領悟到：塔拉弦月二十一號已經不再歡迎我去了。

瑟琳娜和席德收養那虎斑貓了吧，至少他們允許他長住那裡了。而且，在我看來，他們還叫家裡的工人把其他貓族趕走。我一直覺得我與他們家三人有很特別的關係，而且我所堅信的這層關係，他們也給予我充分的回應。

我還沒聽瑟琳娜說過他們家裡新養了什麼貓的事，但她與別人聊什麼我也不是全都知情。這起事件是否意味著我永遠都無法回到那個美麗家園了，那個坐擁日月星辰、起伏山巒的塔樓之家？我再也不能與紗若呆在一起了嗎？就我倆互相陪伴，不需要特別做什麼事情，就可以感受到這段無法言說的關係當中，那份自在又溫暖的情感？

擺脫震驚狀態後，取而代之的是一種空洞感，損失感。要不是服務生領班庫沙里來到我面前，否則這種感覺真的讓我非常不開心呢，他如同往常一般幹練，把一小碟起司醬燒魚（今日特餐漁夫派）送上雜誌架頂層。我聞到空氣中傳來陣陣美味奶香，濃郁撲鼻，這時才突然發現我真是餓壞了。我埋頭大嚼碟中食物，吃得津津有味時，所有悲傷念頭都能盡除。

我們貓族一整天要享用好幾回一隻老鼠大小的餐點。我必須承認，「喜馬拉雅．書．咖啡」給的份量通常比一隻老鼠要大得多，比例上更接近一隻體態特別豐滿的老鼠。這就是為什麼餐畢的梳洗時間結束後，這種舒舒服服吃飽喝足的熟悉感讓我招架不住了，當然也是因為那天上午過度耗費體力，的確疲累。肯定會超想好好睡個午覺的啊。我放下身體，把四爪整齊收攏在身下，然後放鬆自己進入陸鐸常說的「可頌麵包式」。然後，就睡著了。

睡到下午三點左右醒來，咖啡廳已過了午餐時段，開始休息時間了。我立刻察覺到在我身後的座位區有談話聲。那裡有書店區的兩張沙發、一張茶几，還可同時看見書店和餐廳的情況。今天下午，我聽到的是法郎、布蘭妮（山姆的妻子）和安琪拉（Angela，山姆書店新來的助理）的聲音。引起我注意的是他們提到了「威廉斯太太」這個名字。

## 改變你的心，才是比較大的奇蹟——只有你能讓事情發生

雖說威廉斯太太從沒踏進「喜馬拉雅．書．咖啡」一步，可是最近幾個禮拜她已然惡名遠播。這件事要從山姆和布蘭妮搬家説起。他們一直在找二房的物件，好方便美國來的家人朋友能夠短期留宿。他們就像一般年輕夫妻那樣都有金錢上的壓力。因此，找到了這間通風良好的二樓公寓，不僅有兩大房，還可以從室內窗戶欣賞到喜馬拉雅山美景，房租甚至也在他們的預算範圍內，他們簡直不敢相信自己這麼好運氣。當然也不疑心為什麼房租會那麼低廉啊。相反地，還迫不及待想簽下一整年的租約呢。

他們對那棟公寓的一樓住戶一無所知。房屋仲介帶他們看房時，他們只是匆匆看見有個身材高大的年輕人從共用的一樓通道走進一樓住戶的大門。他們還以為他是一個人住，或是與朋友或伴侶同住，並沒有好好問清楚一樓住戶的事。為什麼要問呢？他們滿心想著都是要怎麼在這間漂亮的新公寓裡佈置家居，規劃自己理想的臥室。想像晚間在敞開的大觀景窗前，有喜馬拉雅山夕陽的燦爛光輝為伴，享用著美味佳餚。

他們搬進來那天就是一段耗盡體力的壯烈事蹟，其中包括往返跑了好幾趟、負

重舉重、神經緊繃。倒在新家還沒鋪好的床上時，誰知道毛巾放在哪個箱子裡呢——就在此時，就被一陣陣從廚房傳出來的刺鼻惡臭味驚醒。但其實不是廚房，是樓下鄰居，威廉斯太太，她特別喜歡燻鮭魚。她的廚房就在他們家廚房下面。而且他們很快就發現，她在樓下所製造的氣味或聲音是完全沒有隔離設施可阻擋的。不管從威廉斯太太那邊傳出來什麼，都會塞滿他們全家。要躲開令人窒息的臭味的唯一辦法就是離開家。他們也的確這樣做了——在上班前就先來「喜馬拉雅．書．咖啡」吃早餐。

搬進新家後的第一天，他們下班各自回到家門前時——山姆從書店，而布蘭妮則是從「兒童識字計劃專案」那裡回家時——他們都無法打開公寓大門，很難從公用的通道上樓。或者說，沒辦法完全把公寓大門打開來。結果，原來是白天的時候，這個通道就已經塞滿了舊家具和其它物品——兩輛超舊的自行車、石膏製鳥浴盆、生鏽的床就垂直靠在牆邊，還有一箱又一箱滿是塑膠袋裝的不知名物品。公用的大門沒辦法全部打開來，只剩下一條窄到不行的路可勉強通往一樓後方、一樓住戶的門，也剛剛好夠走上樓梯回到他們家。

布蘭妮和山姆是各自回到家的，但他們各自下了一模一樣的結論：樓下鄰居們正在搬家吧。或許這意思是他們聞到臭魚味會是絕無僅有的一次？樓下的新鄰居會不會也要那樣地挑戰他們嗅覺上的耐受度呢？

布蘭妮想要讓他們在新家的第一頓晚餐特別一點。她已在小餐桌上佈置好鮮花，也點上了兩盞小蠟燭。山姆用音響系統播放柔和爵士樂，營造浪漫氣氛，並倒上兩杯酒。他們在廚房裡一起準備他們最喜歡的一道炒菜，接著，才剛坐下來要吃，就傳來吵架聲。老婦人的尖叫有如火山爆發，下一刻則有年輕人的聲音回嘴。一時之間，布蘭妮和山姆發現自己也身陷這場激烈的爭執之中。

這吵的都是些什麼也說不清楚——儘管聲音都很大，但語意就是不清不楚。如果山姆和布蘭妮把自家前門打開來，他們就能夠清楚聽到吵架內容了，感覺就好像他們四人全都在同一個房間裡似的。但是，他們沒興趣探人隱私啊。

不僅如此，這場爭執還驟然飆升，眼看就要大打出手了。女的對著男的尖聲狂叫，還罵他「沒有用」。他則怒罵說她是個不知感恩的婊子，還夾雜著各式各樣的粗話。他們的聲量不斷升高，控制不住。

山姆看向餐桌對面布蘭妮焦急的目光，開口說：「我是不是得……」而布蘭妮也同時說道：「你最好去看一下。」

山姆把座椅向後推開，正準備走出門時，爭吵聲卻嘎然停止。他倆只好悶著頭默默繼續用餐。

原來，山姆和布蘭妮的新家樓下住著地獄來的鄰居。幾天之內，事情就很清楚了，威廉斯太太和她兒子巴里（Barry）哪兒都不去，就只在走廊上堆滿不值錢的舊物。更糟糕的是，他們正是囤積者。走廊上的雜物與日俱增，最近才堆上去的小物就用袋子或盒子裝好，再塞進較大物品中間的縫隙。山姆第一次在前門外與巴里・威廉斯碰面時，曾表示他很擔心要是有一家發生火災，那麼這些都是危險物品啊。結果得到的答案是「別多管閒事」，而且他話說得其實還不是那麼有禮貌。

後來，每週會有三到四次燻鮭魚，而且每次都會把山姆和布蘭妮燻得奪門而出。而口角也以相同的頻率繼續著——這好像是威廉斯太太和她的暴戾兒子之間的一種相處模式，特別是在黃湯下肚之後。有一次，他們又在深夜裡吵得不可開交，山姆實在不得不下樓去敲門，請他們小聲點。此舉雖然奏效，但第二天他下班回到家時，卻發現門底下塞著一封長達七頁的惡意信件，大談他們有言論自由、據理力爭的權利，還有好幾頁在講美國這個殖民地墮落又反叛。

山姆和布蘭妮自然也曾求助於租屋仲介。對方卻無心處理。還提醒他們說，房租這麼便宜划算，公寓這麼大間，又有山景。再加上根據當初的協議，如果違反租約，無論是否有居住的事實，他們都必須支付前六個月的租金。他們把走廊堆滿雜物的照片拿給仲介看，也指出這可能會引發火災，一定要有人出面說服威廉斯太太把她收藏的垃圾搬到別處去——但也僅僅維持一小段時間而已。走廊上的物品變少也只是暫時的。

山姆和布蘭妮快要忍無可忍了。他們無法把六個月的租金花在不打算住的公寓上。但也開始害怕每天晚上要回家的時刻。有個鄰居告訴他們這房子在附近早已惡名昭彰，但這已無濟於事。由於名聲很差，二樓這層已經空了六個月以上。在此之前，沒有房客能住上個幾星期。有一名女性房客甚至才住兩晚就走了。

現在傍晚下班回家前，布蘭妮喜歡去「喜馬拉雅．書．咖啡」待一會兒。她會在雜誌架附近的後場空間找個位置，點杯飲料，然後等山姆做完他書店經理的工作——似乎永遠做不完的工作，但他最近還愈拖愈晚，拖到他們實在不得不回家的那一刻為止。

正是在這種景況下，旺波格西罕見地出現在「喜馬拉雅．書．咖啡」。這位令人欽佩的喇嘛平日教學行程繁忙，還肩負著許多行政工作，所以不太有空閒時間。不過，他也不是沒來過這間店。這些年來，每次他看似一般來訪的背後，若把之後所發生的事情考量進去，那麼他的出現就顯得極為關鍵了。

布蘭妮和山姆一直坐在後場，雖然在一起，卻各自在忙，都心不在焉地滑著社交媒體上的消息。偶一抬頭，這才發現旺波格西已在自己面前。

為表示尊敬，他們急忙站起身來。喇嘛則示意他們坐下。

他們邀請他一起坐下，他便迅速在對面的長凳上落座。旺波格西從來就不是那種閒聊話家常的人，他很快就猜到為什麼他倆會在昏暗中盯著行動裝置看，而不是回家去欣賞窗外喜馬拉雅山的壯麗景色。

他們告訴他威廉斯母子的事。他們愛吵架，還有種種不愉快的事。臭氣、吵鬧、雜物。總覺得有一天打開家門要外出時，很有可能會被雜物擋住而無法上街。

「我們付不出搬家費了，」山姆覺得這是他們走不出困境的重點。「但是在那裡生活就是……」他邊說邊搖著頭。「我們想做對的事，」布蘭妮呼應道。「但在這種情況下，什麼是對的事呢？難道下次他們吵架時，應該叫警察來嗎？走法律途徑？」

「嘗試練習菩提心時，」山姆再次發問，這次提出的是比較理智的問題。「我們應該任其予取予求，只能接受嗎？」他聳了聳肩，臉上是絕望的表情。

「如果想實踐慈悲與愛，佛法教的是讓人家做他們愛做的事就好嗎？菩提心的意思難道是要人家當我們是門口地墊，任人踐踏嗎？」

旺波格西臉上瞭然於心的表情讓山姆和布蘭妮覺得安定，並因而立即收了口。

「不是門口地墊！」儘管聲音很平靜，卻是加重的語氣。「不是沒腦子的慈悲心。」

坐在他對面的山姆和布蘭妮緊盯著他，似乎愣住了，一會兒山姆才問道：「沒腦子的慈悲心？」

旺波格西坐座位上俯身向前，簡單說道：「沒有智慧的慈悲心。」他往後靠在椅背上，給他們一些時間弄懂他剛才說的內容，然後又繼續說道：「我們寺裡牆上掛的宗喀巴喇嘛（Lama Tsong Khapa）的畫像，就是頭戴黃色帽子的人，你們還記得嗎？」

「記得，」山姆對此類細節很在行。「跟他的兩個徒弟，賈曹傑（Gyaltsab Je）與克主杰（Khedrub Je）。」

「很好，」旺波格西點點頭。「你知道宗喀巴喇嘛所象徵的品質是什麼嗎？」

「智慧？」山姆大起膽子回道。

「還有他的兩個徒弟象徵的是？」

這時，山姆搖了搖頭。

「他們代表的特質是慈悲心與力量，」喇嘛對他說道。「這三樣特質總是一起出現的。慈悲、智慧、力量。若有慈悲心和力量，卻沒有智慧，這就是沒腦子的慈悲心。有慈悲心和智慧，卻沒有力量——又能得到什麼？」他聳了聳肩。「這三者全都是必須的。」

山姆思考著這句話的含義，額頭上都擠出了皺紋。「我想要理解的是，」他過了一會兒才說道：「這句話要如何應用到我鄰居身上。」

格西拉嘟著嘴唇。「現在，」他平均地看著山姆和布蘭妮，「你們無力可施，影響不大。當你們有力量時——事情就可能發生變化，尤其是鄰居之間的情況——那麼，就必須有智慧與慈悲心來運用自己的力量。」

他往後靠向椅背。

「所以，在我們有力量之前，」布蘭妮提問道。「您是說，我們這種情況是沒希望的嗎？」

喇嘛面帶溫柔笑容看著她。他說：「在那之前……」他說：「要好好照顧你們的『珍寶』。」

他們倆一臉狐疑。

「『珍寶』的重要之處在於你要能認出這樣的人。你們有多少朋友能像威廉斯太太那樣提供你們鍛鍊耐心的機會呢？」

他倆搖了搖頭。

「又有多少在你身邊、最親愛的人，能像她那樣測試出你『等持』的能力呢？」

山姆臉上浮現出逗趣的笑容。布蘭妮看上去還是很難過。

「在我們生活裡，像威廉斯太太那樣的人少之又少。一旦遇上了，如果我們有智慧，便會嘗試重新構建這番經驗。要想一想他們提供給我們的機會。」

布蘭妮說：「我希望您能創造出奇蹟改變她的個性。」

「什麼奇蹟？」旺波格西問道。

「我不知道，」布蘭妮搖了搖頭。「讓她移居澳洲。像一陣煙那樣消失無蹤。」

旺波格西聽懂了她話中的幽默，眼睛一亮。「一陣煙，」他微笑著點了點頭。「那會是一個奇蹟。有時候人們說希望喇嘛創造奇蹟，好比讀心術啦、預測未來等等。但這些都是小奇蹟。沒那麼重要。改變你的心，才是比較大的奇蹟。只有你能讓事情發生，」他說。「而且我覺得你們來上我的課後已經知道了，」他指了指尊勝寺的方向，「如何練習『自他交換法』（tong-len）——基於慈悲心的修行禪定之法，也就是去觀想取走某人的痛苦，並給予他幸福。」

「拿走威廉斯太太所受的苦嗎？」布蘭妮皺著鼻子問道。

「給她快樂嗎？」山姆嚇了一跳。格西旺波則點著頭。

「但是她壓根兒就是很討人厭啊，」山姆說。

「這就是她為什麼是『珍寶』。誰不覺得祝福自己的朋友幸福很簡單？誰不覺得為所愛的人拿走痛苦很容易？這種事情都很容易做。即使是罪人也會愛他們的朋友。連盜賊、兇手這樣的人要幫助他們所關心的對象也都是毫無問題的。根本不需要內心有成長就做得到。

「但是真正的菩提心不能有偏愛，或有偏見。我們不是只希望某些人幸福，而不願其他人快樂。所以你知道，培養『等持心』至關重要。為此，我們就需要有像威廉斯太太這樣的人以便練習。」

過了半晌，布蘭妮搖搖頭，承認道：「說實話，格西拉。我覺得我沒辦法這麼做。她和她兒子毀了我們在家裡多少個夜晚啊！活在不定時炸彈威脅下的壓力！而且永遠都不知道接下來會發生什麼事。」

「對，對，」他伸出手短暫地握了握她的手，安慰道：「但是，妳想像一下，如果能消除她的痛苦及其真正原因。她和兒子的關係這麼差，她對垃圾的執著心，她以自我為中心的生活方式。稍微想像一下，如果妳能帶給她幸福及其真正原因，對他人（包括她的鄰居）有愛的慈悲心，不再執著於舊腳踏車和鳥浴盆，她會是個什麼樣的鄰居？」

「理想的鄰居，」布蘭妮說。

「你們看，」旺波格西聳聳肩。「其實沒那麼難。威廉斯太太是個受苦的人。她活得很痛苦。她可能沒有什麼方法解決痛苦。但你們有方法。你們知道要怎樣把她帶來的痛苦用來修練自己，把這些痛苦用來推動自己的內在成長。」山姆和布蘭妮靜靜地消化著這些話，然後山姆問道：「如果練習『自他交換法』，以威廉斯太太為觀想對象，那就可以……好比說，改變那房子的能量嗎？」

「你是在問這樣做之後，她是否就不會和兒子吵架，或燻鮭魚了嗎？」旺波格西說話很直接。

山姆左右動了動下巴。「嗯，是啊。」

「也許吧。」喇嘛回答。「也許不會。」靠向椅背後，他以平穩的目光凝視著他們二人。你們倆是聰明的年輕人。受過教育。你們也知道對事情的經驗取決於經驗者的心，這一點甚至比事件本身更為重要。」

他們點點頭。

「我是在告訴你們，可以藉由改變自己的心來改變你們的經驗。」

他們碰面已經是一個多月前的事了。從那時起，我定期都會旁聽到一些關於威廉斯太太的最新情況。山姆和布蘭妮與旺波格西碰面之後的幾天裡，他們家大門那些雜物就有了很大改善。激烈爭吵沒了，燻魚也很少聞到了。他們很好奇是不是所練習的「自他交換法」真的生效了。

但是，有一個禮拜吵得特別兇，而且最糟糕的一次是巴里．威廉斯暴衝，跑出家門，而且超大的甩門動作還讓通道間的垃圾堆翻落一地。山姆和布蘭妮第二天早上還花了二十多分鐘時間才清理出一條路走出家門。

雖然「自他交換法」的練習並沒有在一夜之間創造奇蹟，但山姆還是說事情有在變化。雖然依舊令人洩氣，不過，這種禪定方法讓情況沒那麼糟糕。高聲吵架的聲音還是會有。

逃也逃不掉的油炸燻魚臭味。要走到大門口還是得側身，左閃右移地。但是山姆和布蘭妮已經不再那麼激動，也不那麼討厭鄰居了。他們體認到威廉斯太太活成這樣真的很可憐，有時候還為她感到難過。

那天下午聽到有人提起她的名字時，我很好奇事情是否有任何進展。我從雜誌架上起身，爬上台階往書店區走去，並跳上法郎身旁的沙發。他對面坐著布蘭妮和書店新來的助理安琪拉，她來自布蘭妮的家鄉溫哥華，是個行動敏捷的紅髮年輕人，情緒激動時，白皙的皮膚就會漲紅起來。馬塞爾和凱凱在桌子底下打著盹兒，大家在交談時，法郎伸出手撫摸我的脖子。

「這兩天，」布蘭妮說：「全都安安靜靜的，我們覺得她一定是搬走了。」

「那兒子呢？」法郎問。

「我們覺得他沒住那兒了，好像每個禮拜會來看個三次吧。」

「來了就吵架？」法郎問。布蘭妮點了點頭。

「也許去度假了？」安琪拉滿懷希望提出這種可能性，並放下她一直在研究的在北印度森林健行的書。

「是很長的假喔，回英國老家找親戚去了，」法郎說。

「而且要搭很久的船，漫長的海上旅行，」安琪拉咯咯笑著說。

「而且船沉了，」法郎說道。

「哦，法郎！」安琪拉的脖子冒出粉紅色斑塊。

「這些話聽起來不像是有開悟的人講的喔。」

「恐怕真的不是哩。」他用疲憊的表情迎向她的目光。「而且我是佛教徒，不是佛陀。妳在這裡工作久一點就會知道的。」

此刻，山姆出現在大門口，手上拿著的柳條籃子裡有色彩繽紛的鬱金香。

「花不是給妳的喔。」他走到我們坐的地方時，便開口對布蘭妮說道。接著，他把籃子放在桌上，然後坐到我身旁。「我才剛要出門，門鈴就響了。說是要給威廉斯太太的，」他看向花束點了一下頭。

布蘭妮滿臉驚訝。「那幹嘛把花拿來這裡？」

「妳看看，有字條，」他示意道。

這個鮮花禮籃上頭插著一張卡片，布蘭妮把上面的手寫信息大聲念了出來：「很遺憾聽到您跌倒的事。希望您的腿傷儘快復原，您也能很快起床四處走動。愛您的，米莉。」

布蘭妮表情古怪。「我還是不懂耶？」大家都等著聽山姆解釋。

「好吧，她不在家，」他說。「而且看來已經有好幾天了。從這一點來看，我猜她現在住院。」他把下巴偏往當地醫療中心那邊的方向。「還記得旺波格西曾經說我們需要有力量、智慧和慈悲心才能產生影響力嗎？我們沒有任何力量——在那個時候。但是，事情會有變化的？」

布蘭妮點著頭，儘管她看起來仍然是一頭霧水。

「嗯，或許這就是我們需要的變化，」山姆繼續說道。「我那時想說，我可以把花籃送去醫院。」

他們全都看著這一籃子的鬱金香——大多是粉紅和紫色系的，中間有兩朵紅花。

「你是說，像斷路器那樣斷開迴路？」布蘭妮恍然大悟。

「沒錯，」山姆說。

「對她來說，這會是個美好的驚喜，」安琪拉說道。

「她絕對想不到會有鄰居為她做這種事，」法郎說。

「要不是旺波格西提示過，」山姆同意道，「我自己是怎樣也想不到可以去做這種事的。可是我覺得值得一試。」

那天下午我離開「喜馬拉雅．書．咖啡」時，仍然保持高度戒備。雖然從這裡回尊勝寺距離算近，路我也很熟，但是那天上午在塔拉弦月二十一號發現那頭虎斑貓的事令我難過，也讓我不安。雖然我只受他威脅過一次，但再次見面時，他竟已佔領我經常出入的心愛之地，這讓我變得十分在意他。看來他已不再只是一頭偶然路過的雄貓，而是成了會不斷對我產生威脅的存在。他是隨時都可能從牆後或門後竄出來的惡靈。若無人在我身旁協助，誰知道會發生什麼事？

我穿越午後的人潮，回家這一路上都保持著超高的警覺性，鬍鬚也都調整到完全警戒的狀態呢。我算好他得跨越多寬的距離才能撲到我身上，而且要有大量人潮可以擋住他。當我回到尊勝寺，正走向樓下那扇專門供我出入的窗戶時，是真有一隻虎斑貓對我虎視眈眈，或只是我想像力太強？

傍晚時分，我端坐窗台，俯瞰尊勝寺廣場。僧寮的窗格在黑暗中像是儀表板上閃爍的橙色光；初夏微風捕捉住線香燒出的一縷縷雞蛋花香氛，並往高處傳送到金色的寺頂，再往上到滿佈繁星的夜空裡。

這是我最歡喜的時刻，只有尊者與我，人貓倆在夜間獨處，免受干擾。他坐在書桌前，正讀著書。我則端坐沉思日間所發生的事情。

隨著時間過去，對於在塔拉弦月二十一號所發生的事情，我不再那麼震驚了，但是仍然免不了會有一種空洞感，覺得我在那戶人家裡的特殊地位已被虎斑貓所取代。我想著幸福的居家生活會突然變成恐怖片，也想起發生在山姆和布蘭妮家的事，以及他們要與威廉斯太太為鄰的奮鬥。

我生平僅見，腦海中忽然出現一個明顯不舒服的念頭。那是我之前所忽略的念頭，但一旦想通了，就不可能不好好加以考慮——難道說，旺波格西的建言對我也適用嗎？

我是否應該先改變自己的心，才能改變我所體驗到的實相？難道說我應該把那虎斑貓視為「珍寶」？在山姆和布蘭妮的案例中，要看出這樣做是否適用於威廉斯太太是很容易的。當然，他們應該這樣做。但是，我和虎斑貓？我真的應該祝福那隻粗暴的野貓快樂嗎——那隻篡奪了眾人對我愛慕之情的野貓？我有能力祝福他嗎？甚至於……我會想要這麼做嗎？

我正思考著這個令我萬分厭惡的想法時，達賴喇嘛從座位上轉過身來與我直接面對面。「我一直都很喜歡這段經文，」他告訴我。我看到他正在讀的是他常翻閱的那本寂天（Shantideva）的《入菩薩行論》（Guide to the Bodhisattva's Way of Life）。

他繼續說：

若僅僅想要療癒眾生頭疼之疾，
此等欲造福眾生之心，便已可取得無量福德，
而若有心想要除去眾生不可思議之苦，
並祝願每一生靈皆得無限佛果之成就，
這會有多大福德就無需多提了。
他人即使是為了自己都不會升起這種造福眾生的心意，
所以，這份心意是心的非凡寶藏，而能生出此心乃前所未有的奇蹟。

通常情況下，尊者偶然間說出的想法會恰好與在他面前的某某心中所想直接相關。在當時情況下，那個某某就是我。「祝願每一生靈」也因此而有了非常明確具體

的意涵。

「我的小雪獅啊，妳能不喜歡這句『心的非凡寶藏』嗎？」他邊從書桌旁走過來，邊如此問道。「練習真正的等持是非常具有挑戰性的事。或許，我們希望眾生都快樂——但是其中有一兩個人必須除外。但是，那一兩個……或許是特殊案例。或許正是他們可以幫助我們打磨這種『心的非凡寶藏』，會讓心靈很美麗的東西。」

他伸出手來撫摸我時，我心中升起了很奇怪的感覺。無論尊者去哪裡，他身上的慈愛總令我感動，這一點也浸潤著他身旁的所有人。但是這次的感覺有點不一樣。我似乎被巧妙地提升到一個新視角，乍看雖與我通常採用的視角並無二致，卻有通透客觀的優勢位置。在這個視角上，我不再是「尊者貓」，也絕非任何單獨的生命體——我享有鳥瞰全景的覺知，也能用慈愛之心看待一切。

在這種覺知狀態下，我只需要觀想某地或某個對象，而我也在其中。由於當天稍早所發生的事情，我便回想起虎斑貓，我所見到的是一隻與其他貓族同樣脆弱的小動物，他尋求家與規律進食的安全感，也希望有歸屬感，能給出愛，也能接受愛。當我意識到這一點的時候，我並不覺得他不應該獲得上述那些。有什麼理由希望某隻貓幸福，卻要另一隻貓不幸福呢？為什麼不讓他獲得滿足感呢？

我的思緒轉到了威廉斯太太，我感覺到這個老太太在與她自己的種種衝動作戰，這些衝動不只毀掉別人，同樣也會毀了她自己。一個孤獨過活的人，住在一個漸漸變得愈來愈窄的世界裡，只會一直加深自己的負面情緒。

要體認到「有各種需求的眾生到處都是」是很容易的。眾生尋求幸福和滿足感，其中有些作法明智，也有些作法只證明了會招來禍害。我的覺知狀態慈愛客觀，宏偉寬廣，似乎能容得下天上地下所有一切——虎斑貓、威廉斯太太、全達蘭薩拉、超乎宇宙之外的每一處——而絕無控制或操縱的企圖。沒有意願去命令那無法命令的，也不去掌控那無法掌控的。取而代之的只有逢場作「趣」，在一顆因慈愛而閃閃發光的心裡面有一齣天籟之舞，永不停歇。

我回落到「尊者貓」身分的速度就像我被提升到此一狀態那樣飛快。不過，回到尊者貓的身分時，我意識到這是達賴喇嘛給我的一份禮物。或許只是一瞥，便對我暗示出他始終都很清楚實相？還是他覺得我需要移去主觀感受的面紗，便毫無預警地為我揭開了嗎？

「菩提心聽起來很美好，」尊者輕聲告訴我。「祝願眾生擁有無限美好品質，這些聽起來全都是甜蜜的好話。但是，我認為，不容易。這第二項法則，『菩提心』，在某種程度上取決於第一項法則『棄絕』。只有擺脫了仇恨和執著——唯有不會偏心這個，或對那個不公——那時，我們才能真正祝願一切眾生無一例外地得到完整的開悟。」

隔週，我來到了「喜馬拉雅．書．咖啡」這個我下午常待的地方。此時的咖啡館安靜多了，少少幾位客人當中有一位就是在班上問旺波格西的歐洲年輕人，他那時問：「要開悟的我是誰？」最近幾天，他常來咖啡館，帶著筆電坐在角落裡，盯著螢幕看時顯得漫不經心，而不看螢幕時卻透著一股陰沉憂鬱。

然後忽然間，法朗從雜誌架旁的台階三步併兩步地跑上來。他去了德里幾天，此時看到山姆在整理書架上的庫存書，便急著想聽聽威廉斯太太的最新狀況。

山姆解釋道，那天為她送花籃的那趟路並沒有他想的那麼單純。他先去了大醫院，卻發現她住的並不是那一家。他到處詢問，並打了不少電話後才找到她的行蹤，那是位於德里另一邊的安養中心所附設的診所。那間安養中心佔地很大，空間設計上稍嫌混亂，因此要找到她的房號還得有點使命感呢。

「我一到她病房時，她臉色很不好，」山姆說，他們倆就站在書店入口處。「我送花過去，她一句謝謝也沒有，只說『放那裡！』反正，當時她的腿上有石膏。我說，很遺憾聽到她跌倒的事。原來，她想要從走廊出門時，有個手提箱掉到她頭上。就在那一刻，她才說出好幾年來她一直想丟掉這些垃圾。」

「走廊所有垃圾？」法郎問道。「我還以為她是個囤積者哩。」

「我也是。」山姆說。「所以我立即說我們可以幫忙清理。」

「然後呢？」

「她好像嚇了一跳，好像在說怎麼可能有那種事情。然後，我說如果她以後得拄著拐杖走路，除非走廊都清空了，否則要從她家走出大門口是不可能的事。」

法郎點著頭。

「她想了一會兒，然後咕噥著表示同意，接著又說『什麼事還不都得我自己來啊』。她原話說的是：『要請大少爺回來關個門就已經夠糟糕的了。』」

「是她兒子，」法郎猜測道。「哪個門？」

「後門。」

山姆回想著老婦人告訴他的話，還是詫異地搖頭。「要從最上面上鎖。我是可以用棍子敲開鎖，但前提是得要大少爺願意晚上回來把門鎖好。門鎖對我來說太高了，鋼材也太硬。我們家附近不平靜。鄰居都好可怕！得把門鎖好。即使他只做這點事，我還得養他。」

「您的意思是……」

「一星期來吃三次飯。這樣他還是很恨我！他自己的媽！」

「他回來只是來鎖妳家後門？」

「他能做的最多就是這樣，這個老是哭哭啼啼的大混蛋！」

「如果我和布蘭妮願意幫您鎖門，那可以嗎？我們每天晚上都去幫您鎖好後門？」

「你們願意嗎？」她緊盯著他看，簡直不敢相信。

「您其它四天裡是怎麼做的呢？」山姆問道。「就是說，您沒鎖後門的時候？」

「得把門關得緊緊的。」她說。其實她用的字眼不是那麼文雅。「但有時候屋裡的氣味，真是受不了！」

「您有考慮過換個鎖，還是……」

「房東不付錢吶！」他話都還沒說完，她便出口反駁，停頓了一下後又說：「沒必要用那種語氣說我，我又不是百萬富翁！」

「所以，」法郎想著要釐清這一切。「吵架吵到撕破臉，燻魚味，走廊通道的雜物，這些全都可以成為過去式了？」

「看起來很有希望，」山姆同意。

「全都只是因為你把花送過去。」

「你知道旺波格西是怎麼教我們智慧、慈悲與力量的嗎？他說，除非有某種『斷路器』可以斷開迴路，否則有時候你能做的事並不多。力量轉移了，機會就來了。」

「你已經準備好抓住這個機會了，」法郎大表贊同道。

「我覺得是啦。」

「很多人其實會選擇讓花擺到枯死。」

「要不是有旺波格西，我也是讓花朵枯死而已。而且我們也永遠不會知道樓下鄰居到底是怎麼回事。當然，布蘭妮和我會去買個新鎖，把老太太的廚房門鎖好。能得到寧靜的夜晚、無燻魚味的早晨，這樣的成本其實很小。」對未來的期許之情讓山姆的兩眼發光。

法郎若有所思地點點頭，然後臉上露出一抹淘氣的微笑。「你還是得找個辦法來化解危險啊，」他說。

「危險？」

「對啊。看起來你就快要失去這個珍寶了啊！」

那天晚上，我坐在一樓大開的窗戶邊上放眼整個廣場，寺中僧侶平和的誦經聲、微風中飄盪著線香、貓薄荷和雞蛋花的混合香氛與我為伴。往外望向黑暗時，我感到另一種不安。每次陰影一有變化，樹幹旁邊一有動靜時，我總不禁要問：是虎斑貓嗎？我曾經這麼習慣把這個世界當作是我的領地，而現在，連要前往那個我自以為的「第二個家」時，那一路上我再也不能理所當然地不受拘束，四處亂亂走了。現在就算只是走到「喜馬拉雅·書·咖啡」這麼近的地方，我都得左顧右盼好幾回。

我懂了，那虎斑貓就像威廉斯太太一樣，是我的珍寶。為了我自己的福祉，面對他存在的最好方法就是按照旺波格西的教導，把他當作是個特別的靈魂，祝願他所有的苦難都得以消除，並希望他能幸福。這樣的靈魂是為了我培養等持、慈悲與愛而特別安排的。

對，這些我都懂，但是在知道山姆身上所發生的事情後，我不禁好奇我自己是否會經歷像他那樣的轉變。還是說，我會永遠都過不了「我的珍寶」這一關？

# 第五章　因犯了罪而憂鬱的自我

法郎説：「你的自我在身體任何部位都是找不到的？」

梳理。梳理是我們大家都得做的事兒之一。

但是，親愛的讀者，倘若有人為您梳理，豈不快哉？

某個初夏上午，我的確就是這種感覺，當時我站在尊者行政助理辦公室的桌上，而丹增正在執行的是他一天當中的首要任務——梳理我的毛皮大衣。丹增總是很早來上班，來辦公室時他在各個方面完全就是個專業外交官的模樣。他衣著得體，舉手投足間謹小慎微，手上總有一股用石炭酸皂洗手所殘留的特殊氣味。他會先把公事包裡的物品拿出來擺在辦公桌上，再檢查一下昨晚送來的快遞，而下一個動作鐵定是從上層抽屜拿出一把梳齒細密的梳子，走向站在他辦公桌邊上的我，那時的我正翹起高高的尾巴滿心期待著呢。

接下來幾分鐘，他會輕柔地刷過我的毛皮大衣，同時刮出了一大坨一大坨奶油色的貓毛雲朵。否則的話，這些貓毛會卡在編織繁複的地毯與室內的裝飾繡品裡邊。貓毛也會像「風滾草」（譯注：四處滾動的草球）般滾下樓梯，弄得達賴喇嘛住所走廊到處都是。我每年值此時節都會大量脫毛，只需靠在到訪貴賓的腿邊蹭一蹭，便可在他的深色西裝褲上留下一大坨奶油球，這無疑是他們將會大大珍惜的紀念品。對所有外交事務都一絲不苟的丹增，他則認為早晨梳理可以為諸如此類的貓毛展示會搶得先機。

所以，我們就在那兒站著，丹增小心翼翼地從我毛茸茸身形的一邊往上梳理，再從另一邊往下梳理。而我獻給他的則是一聲又一聲的呼嚕嚕，以資鼓勵。多美好的晨間儀式啊！

透過敞開的窗戶，您可以嗅到喜馬拉雅山清晨空氣中的新鮮氣息。外頭的樹上，熱帶巨嘴鳥和畫眉鳥啁啾鳴囀聲中有壓也壓不住的歡喜。感覺到有一種新的可能性，又是一天的新奇冒險。傾刻間，傳來明顯的咖啡香氣，彷彿要讓歡喜之心更圓滿似的。過了一會，奧力佛便走進他們共用的辦公室，手裡拿著一個紙盒裝的兩大杯馥列白。親愛的讀者，是的，這件「晨間咖啡儀式前的頭等大事」確實是達蘭薩拉稀有的特權享受。

「本日最重要的大事已經做得差不多了吧！」奧力佛說著，順便把紙盒擱在辦公桌上。

「你看，都梳下多少毛來了，而且才剛剛開始喔，」丹增指了指半滿的紙袋中裝著我被刮下來的毛，還試著舉高被奶油色皮毛纏住的梳子。他謝過奧力佛送來的咖啡，感激地品嘗了一口之後，又繼續梳理起來。「她好會掉毛喔，每梳一次都讓我嚇一跳。」

「這些毛都夠做成另外一隻貓了，」奧力佛開玩笑說。

我給他一個藍色的「眼神死」。他雖然算是個聰明人，卻經常說這種傻話。我把這句話當作是那種令人不解的所謂「英式幽默」。

「這毛真是多到可以做隻貓了。」丹增又從梳子上拉出一坨，並投入紙袋。奧力佛嘗了一口咖啡，若有所思。「雖然毛茸茸，但尊者貓的貓毛並不是她。」

丹增瞥了他一眼，似乎認可了他說的這句話頗有意義。「她的指甲也不是她，」他說著，想起了前一天他們倆在照護我的指甲時那段不愉快的回憶。自從嵌甲事件發生以來，這兩人對修剪我指甲這方面的事務又格外上心了。

「她的牙齒不是她，」奧力佛說。幾個月前，我不得不去看阿克叟・芒特（Axel Munthe）獸醫師，他拔了我一顆嚴重的蛀牙——當然有先麻醉了。

「她的任何身體部位都不是她，」丹增同意道。這兩人好像玩起了某種遊戲，其中的規則是陳述顯而易見的事實。當然啦，我才不是某個身體器官！如果我身體每個器官都必須拿出來做檢查，沒有任何一個器官可稱之為「達賴喇嘛的貓」。

「但她與自己的肢體器官也是不可分開的，」丹增說。

「的確是如此。」奧力佛眨眨眼，然後補充道，「她的貓食不是她，感謝老天哪！」

丹增呵呵笑了起來。「她也不是春喜太太的雞肝丁兒——更不是她在『喜馬拉雅・書・咖啡』那裡吃的任何一頓飯菜。」過了一會兒，奧力佛補充道：「她連奶油烤麵包都不是！」他們都笑開了。奧力佛接著說：「但是，她對食物的依賴，和對身體的依賴是一樣的。」

「我們就是我們所吃的東西啊，」丹增說完便停下來喝了口咖啡。「還有，飲料，」他把杯子舉高。

奧力佛點點頭。

他們似乎開始了稀奇古怪的分析，這種事兒他倆都很精通。這讓我好像想起了什麼，卻又模糊得很，當下就是想不通。顯然，我得依靠我這一身的肢體器官，但我又不是其中任何一個。就好像我也依賴食物和飲料，但我可不是食物和飲料。這些論述不言而喻，似乎不用說啊。

「而且，別忘了依賴還有最微妙的形式，」奧力佛說。

梳理儀式快結束時，丹增放下梳子，用指尖按摩我的耳根，那是我很喜歡的按法。「對內心投射的依賴嗎？」他提議道。

「沒錯。」

那一刻，春喜太太在門口現身，她手上有一盤新鮮出爐的糕點。她用義大利文說：「早安！要來上一口，開啟嶄新的一天嗎？」

她早早就來準備午餐，顯然是興之所至，便為尊者和他的助理們準備了特製點心。

丹增和奧力佛連番道謝，但春喜太太一腳踏進辦公室看見我的那一刻，就把他們晾在一旁。她把餐盤往奧力佛那頭一推，便朝我走來。「史上最美生物！」她熱情如火，用雨點般的吻歡迎我。用一身的香水、手臂上滿滿手鐲的叮噹響聲淹沒我。「我的小寶貝呀，妳好嗎？」

我從她的重重環抱下探出頭來，瞧見奧力佛閃著有趣的眼色看向丹增。「我的小寶貝呀，」他用他的英國腔學舌。

「這有什麼問題嗎？」春喜太太挺起身子站好，裝出不苟同的樣子。

「我們所認識的她名為『尊者貓』。」

她聳聳肩，好似這名號沒多大意義。

「在老人之家，他們稱她為『治療貓』，」丹增說。

「誰說得才對呢？」奧力佛問。「哪一個名號才能代表她？」已經練習冥想好幾年的春喜太太聽懂了這裡面有個很細緻的重點，於是回答說：「很明顯啊！以前我會說我的版本才是對的。」她從刷過睫毛膏、活力無法擋的眼睫毛底下凝視這兩名男子。「我早就知道達賴喇嘛的貓，認識她的有多少人，她的名號就有多少個……」

「春喜太太，妳說的一點都沒錯！」奧力佛眉開眼笑地。

「但我就是最喜歡我自己取的名號！」

他們全開懷大笑起來。

## 若這世上一切傷害、恐懼與痛苦均源於要抓住自我，那麼這大幽靈於我何用？

那天下午，我決定再去老人之家當志工。過去六個星期，我慢慢喜歡上以「治療貓」的身分出現，而我越瞭解那裡的人，就越喜歡他們。

一上路，我便開啟「高度戒備虎斑貓」模式。自從上次我在塔拉弦月二十一號差點把小命給丟了之後，即使安養院只有幾步之遙，我總有虎斑貓就在身邊埋伏的不祥預感。誰能說他不會像我第一次遇到他那樣，潛伏在尊勝寺大門旁？誰又能說他不會再霸佔我以為只屬於我的心愛之地，還在那兒晃來晃去的？在我們第一次小規模衝突後，有好幾天，我的臉一直都是破皮狀態，我很清楚，若狀況真的很棘手，和他打完架的我下場也會是很淒慘的。

這就是為什麼我得格外警戒。一路上每踏出一步都要環顧四周。萬一發生了最糟糕的情況，要確保我周圍有足夠空間，也要有可以介入的人群。

我一路平安，順利地上了花園台階。因為忙著環顧四周，所以過了好一會兒，我才直接往前走，並看到花園裡雪松下的長凳。很不尋常的是，長凳上坐著某人——而且這人我認識。我停下來，仔細打量著他，便認出來他就是在寺裡，還有在「喜馬拉雅・書・咖啡」看過的那個年輕人，他一頭凌亂黑髮，膚色也是曬黑的。瑟琳娜形容他是個「相當緊繃」的人。

他偶然看了我一眼，發現我出現在花園裡時，雖然對我並無興趣，可也沒有不悅。我看到他膝蓋上有筆記本和筆，但是並沒有真的在寫什麼。他凝視著遠方某種東西——但也可能根本沒在看什麼。

我繼續謹慎前行，繞過他身後的草坪，避免經過他面前。我正要穿過花壇，走進假山時，就聽到好多腳爪子急匆匆奔上台階的聲響，接著就出現馬塞爾的身影，隨後是凱凱。

法郎有時會帶他們上街散步。看來那天下午就是這麼回事兒。他們捕捉到我的氣味，就跟了過來，衝進花園裡，滿心想要追著我玩。他們朝我這邊跑來，一心想要讓我倉促爬到樹上擺脫他們。

但您也知道，我可不是那種貓——而您當然也不是那種會對犬科動物的尋常消遣有興趣的讀者。我並沒有服膺於原始本能，而是原地站定，杏眼圓瞪，要令他倆不敢直視。馬塞爾衝力十足，此時也不得不猛踩剎車，兩隻前爪向前伸直以免一頭撞上。凱凱則在他身後踉踉蹌蹌地停住腳步，兩道粗濃眉毛下是完全一頭霧水的神情。

我聽到法郎呵呵笑著，在花園現了身。「男孩們，惹錯貓了喔！」他下了註解，而狗狗們則在草坪上打著滾，假裝他們只是偶然碰到我，要來打個招呼而已。

法郎一走動，我便注意到他鞋帶鬆了。「對不起，打擾了。」他看著那個年輕人點頭表示歉意。

「沒有沒有，」另一位回答，是歐洲口音。「我只是……在這兒坐坐。」

「這裡是可以好好坐著呢，」法郎同意道，他在長凳另一端坐下，在涼爽樹蔭底下重新綁好鞋帶。

高聳的雪松有種愛護眾生的意味，主幹向四方延伸幾乎覆蓋整個草坪，老樹幹粗糙而多節瘤，樹枝則呈傘狀分佈，保護著它底下的生物躲避艷陽或大雪。

「我好像在咖啡館見過你，」法郎綁好鞋帶後說道。「我叫法郎，咖啡館老闆。」

「康拉德（Conrad），」年輕人有點正式地把手伸長，要和長凳另一端的法郎握手。「我喜歡你的咖啡館，那是一個把東西方連結起來的聖殿。」

「謝謝你。」法郎笑著，頗感意外。「從來沒聽過有人把它形容得這麼美過。而且正是我們想要做到的那種感覺。」

他仔細端詳這年輕人，似乎下了決心才開口說：「前天晚上在旺波格西的課堂上，你提出的問題是很有覺察力的。」

這回輪到康拉德感到意外了。

「要開悟的我是誰？」法郎逐字念出了這個問題。

「你也在？」

法郎點點頭說：「這個問題我已經苦思多年，就是這個問題把我從日內瓦帶到達蘭薩拉來的。」

「不管怎麼說，」法郎說完後停頓了一下。「這個問題是我們在自己人生旅途中都必須面對的。特別是在西方，我們很多人都有強烈的無價值感。無力感。」

「旺波喇嘛。因為這個原因，我覺得有他在場令人不安。」

「真的嗎？」法郎揚起雙眉。

「他讓我覺得自己好……髒。」

「他絕不是這個意思。」

「這麼多年下來，我一直在想能否遇見像他這樣的人。」

康拉德的雙眼看向遙遠之處。「真正的上師。瑜伽師，他親身得見真理，也能教我如何得見真理。在瑞士，關於這類人物的事只能從書中閱讀而來。或許，他們會訪問瑞士，在演講大廳前面講話，但你永遠無法靠近他們。我想把時間用來與這樣一位老師會面，在他的足下學習經得起時間考驗的法門。或許，會把我的一生獻給他。這就是我決定來印度的原因。

「所以，我一直在存錢。我做兩份工作，大學畢業後又接了第三份工作。一有足夠的錢，我就來到這裡了。卻發現我受不了這種人的明亮。我並沒有把舊的自我留在歐洲，他和我一起來了，能坐在寺裡面我就覺得已經太多了。我無法擺脫自己的黑暗面。」

康拉德把臉埋在手掌心，看起來十分喪氣。法郎關切地注視著這位認真的年輕人。他對康拉德幾天前在上課時提出的問題加以評論後，沒想到會這樣就打開了水庫閘門。康拉德顯然需要卸下心頭重擔。或許是因為他獨自旅行，身旁又沒有理解他的人，也沒有機會表達出自己的感受？

但如何回應？連馬塞爾與凱凱好像也悶著頭，抽動著鼻子，繞著長凳四處嗅。法郎看起來不知所措。來到達蘭薩拉一心追求修行的年輕人對法郎並不陌生，法郎自己也曾經是這樣的年輕人。讓他愣住的是康拉德如此突然地坦白，及事情的嚴重程度。

良久，法郎才說道：「自覺不足的情況是很常見的。」

康拉德搖搖頭，然後抬起頭來凝視前方。彷彿「不足」還不能說清楚他的感覺。事情顯然是更糟糕的。他終於開口時，因為太悲傷，以至於說出來的話都不成句了。

他直接看著法郎並認了罪：「我殺了我弟。」

法郎大吃一驚。

「騎摩托車去茵斯布魯克（Innsbruck）的路上。」

「你說『殺了』是……？」

「我們一群有五個人。三輛摩托車。兩個人，兩個人，一個人。他不太會騎摩托車，所以他讓我們的朋友斯蒂格斯（Stiegs）載。我知道他很想騎，所以下午休息時，我就說他可以騎我那台騎一會兒。我自己就讓斯蒂格斯載。

「到了一個危險的轉彎處。照明很差，路上結冰。他騎在前面，又騎太快。我們目睹了一切，就像慢動作一樣——打滑、過度修正。正面撞上卡車。」

康拉德發著抖。很久之後才開口：「這種事情很難過得去。」

法郎點頭。

「我的餘生必須不斷自責。愚蠢！我決定讓他騎車，愚不可及。永無止境的罪惡感；他是我母親最愛的孩子。」他聲音哽塞：「我覺得我無法擺脱這種好沉重的感覺。」他把雙手放在腦後，俯下身來，把臉藏在兩膝之間。

「是多久以前的事？」法郎問。

「五年前的十二月十五日。」

「所以，這五年來你一直都……」

「因犯了罪而憂鬱著，」康拉德瞥了一眼法郎，傷心欲絕。

法郎看著他，狀甚憐憫。

過了一會兒法郎都沒有回應，康拉德用這個身體垮掉的姿勢説道：「也許你想要告訴我不要怪自己。我朋友都這樣説，我爸媽也是。如果我去找旺波格西，他可能也會這麼説。」

法郎聳了聳肩。

康拉德看不懂法郎聳肩是什麼意思，於是問道：「你不覺得嗎？」

「我學會的一件事就是別去預測我上師的回應。通常，老師會給你的往往是你想都想不到的。你看，我們不高興，也意識不到自己的狀態時，就會陷入一種特有的思維方式，讓我們很難去想得到還有別種方式。然而，有智慧的人會看到其它的可能性。」

康拉德皺著眉頭。他提示道：「所以說，佛法會說我應該要自責才對？」

「我認為不會。」法郎平靜地回應。

「那佛法會怎麼說？」康拉德彎下身來，雙手放在鞋子上，彷彿準備好受罰被打似的。

隔了很長一會兒法郎才開了口。他說起話來時，語氣堅定得出奇，讓我想起了某人——但首先我還無法確認是誰。

「如果要我給你答案，那你必須答應我，無論等一下感覺有多奇怪，你都要從頭聽到尾。」

康拉德聳聳肩，彷彿法郎要說的話絕不可能讓情況更糟糕。

「你的這個『自我』因犯了罪而憂鬱著，被黑暗覆蓋了。你有沒有懷疑過這個『自我』是誰？」

「沒有哇，」康拉德回話。

「你認識他，你感覺得到他。你對他有強烈的感知嗎？」

「很不幸的，有。」

「那我要你幫我找到他。」

康拉德咕噥著說好。

「而且你要記住，要一直聽到最後喔。好，」他深吸了一口氣，「這個有罪的『自我』是你左腳的小腳趾嗎？」康拉德不是搖搖頭而已，而是猛地轉過頭來。「這什麼怪招？」

「你只需要回答是或不是。」

「好吧，不是。當然不是！」

「那是不是你左腳的其它腳趾頭？」

「這跟我的左腳沒關係。跟我的腿也沒關係。」

「好，所以說，跟右腳或右腿也都沒有關係？」

「當然沒有。」

「好。接下來，我們移動到身體上方，這個有罪的『自我』位於你肚子裡的哪個器官嗎？」

康拉德抬起頭看了法郎一眼，因為覺得這有違常情，想知道他是否在開自己什麼玩笑。

法郎有條不紊地繼續做他軀幹的每個部分、雙手、手臂、肩膀、脖子及頭部。他這樣做的時候，我才發覺到他像誰——正是旺波格西本人啊！除非是我大大地誤會了，否則這其實是格西拉在寺中帶領冥想時所進行的解析，就是之前丹增在梳理我的皮毛時，我心中也曾浮現的印象。法郎跟隨旺波格西學習佛法多年，對此非常熟悉，他不僅可以帶領練習，而且似乎也體現出他老師的神態——上師與學生門徒就此印心。

我想到今天早上，丹增和奧力佛在我的梳理時段所討論的正是這項練習。尊者貓並不是我的皮毛、我的指甲、我的牙齒。想要找到的「自我」是一個「緊繃」的瑞士年輕人也好，或是喜馬拉雅貓之中毛量最為濃密者也罷，所要經歷的過程都是相同的。

無論我們是誰，這對每個人都是一樣的。親愛的讀者，甚至對您，也是如此的。導致這種痛苦或痛心的「自我」，哀悼失去愛或希望的「自我」，恐懼或焦慮的「自我」——這個麻煩的「自我」究竟位於何處？

「你的大腦呢？」他們說到身體的頂端了，法郎問道。

「嗯，那個啊……可能吧，」康拉德說。

「你的大腦是你有罪的『自我』?」法郎與他核對。接著,他因應康拉德的猶豫又問:「如果能完全複製你的大腦,並將此仿真品與其他十人的大腦仿真品放在你面前,你可以很輕鬆地認出你的『自我』嗎?就像在十個人的照片裡認出自己來那樣?」

康拉德聳聳肩。「我想,我沒辦法。可是,自我還能在哪兒呢?」

「或許我們找錯地方了,」法郎提議道。「如果自我根本不是一個物質實體呢?如果自我是『識』的一個面向呢?」

「這說得通,」康拉德說著,把上身挺直,把手肘靠在膝蓋上。

「所以……眼識。眼識是你有罪的自我嗎?」康拉德搖了搖頭。

「耳識?鼻識?」法郎有系統地提及對應五種感官的每一種識,康拉德也一一加以否認,直到最後一識。「只剩下一種了,」他說:「意識。我們唯一還沒探索過的。」

康拉德抬起頭,「一定是這個了。自我一定就是在意識裡。」

法郎仔細端詳著他。「很好,意識包含不同的部分。要記住,我們想要找的是有罪的自我。就是剛剛你告訴我的、你感覺非常強烈的那一個、你躲不掉的那一個。這個自我可以在你的負面想法，還是正面想法中找到呢？」

「這，」康拉德說：「是一個有趣的哲學問題。」

「我不是在講哲學哦，」法郎反駁道。「你之前說過，你可以認出『因犯了罪而憂鬱的自我』沒問題……」

「當然啊！」

「好，那是負面想法，還是正面想法？」

康拉德聳聳肩，「我想是負面的？」

「好。」法郎點點頭。「意識是由連續的『心意』片刻所組成。是思想的流，是感覺和經驗，一個接著一個，全天候不間斷。你的有罪自我是哪一個負面想法？」

「是許多負面想法。」

「你有很多自我？」

「當然沒有。只有一個。」

我看得出來，康拉德現在正特別認真地專注於這項練習。

法郎繼續說：「你說你的自我可以在負面想法中找到，是哪一個特別的負面想法讓你強烈覺得『你自己』就是那個『自我』？」

康拉德好像搞不清楚了。「怎麼會這樣？我要去找時，卻找不到了。」在他的臉上有個恍然大悟的表情慢慢地展開來，彷彿在這最奇怪的解析背後，已開始浮現出真相了。」

法郎讓他有足夠時間去意會剛才所說的內容，然後才確認道：「你的自我在身體任何部位都是找不到的？」

「對，找不到。」

「就連你的心，你的意識……」

「去找時，就……找不著！」他臉上有驚奇的神色。

「非常好！」法郎微笑著，鼓勵著。「但是，你仍然強烈感覺到自我？」

「當然啊。」

「那麼，如果不是永久的生理或心理現象，這個自我又是什麼呢？」

康拉德邊思考著這件事，邊挺直身體回到正常坐姿。他臉上出現一抹似有若無的微笑，然後說：「或許自我是一種概念。只是一種想法而已。」

法郎揚起雙眉，用一個古怪的表情予以確認。「自我，」他證實道：「就是一種概念。就只是一種想法。一種觀念。來來去去的東西。一個我們講給自己聽的故事，講的是我們對真實的體驗，而這種體驗也一直在變化，總有起起落落。根據我們一直在對誰說話，我們一直在吃喝些什麼，我們對自我的觀念和感受也在變化著，這就表明了在『自我』那裡沒有恆常。自我只是一種想法而已。」

康拉德臉上逐漸綻放出笑容。「先提出這樣一個概念，」法郎繼續說：「接著告訴自己說，我們所編造出來的這個自我是永久的、是有罪的，邪惡的、籠罩在黑暗裡的——為什麼要編造出這樣的負面幻想？」

「所以，自我根本不存在？」康拉德問。

「話也不是這麼說，」法郎舉起一根手指。「這種想法稱為『虛無主義』，是一個很大的錯誤。」

「但是我要找時，是找不到的。」

「你必須瞭解的是，『我』有真的，也有假的。『真的我』就是你在這一切上面的標籤，」他邊晃動食指，邊掃描康拉德的身體。

「構成『康拉德』這個概念的，是你的身體、你的過去、你的好惡、以及很多元素的總合。佛教徒所謂的『傳統意義上的我』。」

**「另一個是『假我』。『假我』的概念是，有一個獨立的自我以某種方式存在著、與身心分離、是某種內在本質、具備諸如有罪的、成功的、沮喪的或受歡迎的特質。其實這種東西並不是真實的存在。『假我』從未存在過。『假我』只是我們編出來的一個故事。」**

「那為什麼我們對『假我』有這麼強烈的感覺？」康拉德問。

「慣性。」法郎說。「我們從很小的時候就開始學著認同這個無形的『自我』。我們對『自我』有很多想法。我們想要以一種特別的方式把『自我』投射出來。但是，別人對我們的想法，與我們對自己的想法不會是相同的。如果我打電話給十個認識你的人，我將獲得十種關於康拉德略有不同的敍述。可能有人會告訴我說，康拉德是個善良又有愛的哥哥，因為他知道弟弟有多渴望騎車，所以讓弟弟有機會騎他的摩托車。我會聽到與康拉德自己所說的不同版本的故事。就連康拉德自己，也會視心情不同而有不同版本的敍述，」法郎調皮地笑了笑。「或許幾杯啤酒下肚之後，他也不是那麼不開心的人呢？」

「真的是這樣耶，」康拉德聳了聳肩。

法郎與康拉德的談話讓我想起了，就在當天早上，丹增與奧力佛也跟春喜太太有一段關於我的類似討論。他們覺得她說的話很有趣，她就告訴他們說，她學到了瞭解「達賴喇嘛的貓」的人有多少，這貓就有多少名字，可是她最喜歡還是她自己取的名字！

「這一切就是在證明，」法郎說：「這個『自我』只是一種想法。一種觀念。」

「那我們死的時候，」康拉德認真問道：「什麼都沒有了？」

法蘭克凝視著他。「還記得我們要找的東西嗎？」

「有罪的自我。」

「『有罪的自我』不在那裡，但是我們絲毫不懷疑意識的存在。只因為有意識，我們才能這樣子在尋找。在我們的所有經歷中，微妙的意識一直不間斷，就像一條串起珠鍊的線繩般。佛陀最偉大的發現可能是他指出了，意識並不需要涉及自我，自我只是一種觀念。就像哥白尼，他出生在佛陀之後，他發現並不是太陽繞著地球轉，而是相反的才對；佛陀的發現從一方面來說改變了一切，但從另一方面來說其實什麼也沒改變。

「太陽仍然自東方升起，在西方落下，但是我們知道那只是一種幻象。同樣地，我們擁有一個獨立的自我，但這也只是一種幻象。對於我們許多人來說，」他看到康拉德的表情時，眼睛瞇成一條線，「是不必要的負擔。正如偉大的寂天所說：

**『若這世上一切傷害、恐懼與痛苦均源於要抓住自我，那麼這大幽靈於我何用？』」**

康拉德此刻把身體坐正了，靜靜微笑，凝視花園，他輕聲說：「你給了很多精神食糧供我思考。」

「很好。」法郎說。

「我可以自責，但如你所意指的，我要自責的『自我』在哪裡？」

「你懂了！」

「你剛剛用的這種解析、這種方法是否有名稱？」

「有各種各樣的名稱。它有時被稱為『如實』，即事物存在的本來樣態。或稱為『緣起』，因為每事每物都是依賴自身以外的因素而存在的。還有個最簡單的名稱，即梵語『空性』（sunyata）。」

『空性』是達賴喇嘛經常使用的一個詞。而且，『空性』也是他曾說過在講述藏

**傳佛教的書中應該提到的四大概念之一，這些概念包括『離苦』、培養慈愛的最高境界——『菩提心』。**

「從概念上說，『空性』是一個需要小心處理的題目，」法郎說。「你以為自己已經搞懂了，然後，哎呦喂呀！其實沒有。你最後會覺得『有』，也可能覺得『空』。但是一定要記住，問題並不在於事物是否存在，而是在於其存在的方式。」

「存在的方式，」康拉德緩緩覆誦道，並牢牢記住了。

「雖然理解這個概念是有幫助的，但真正的好處是冥想這個概念。在心智清明的狀態下體驗『空性』的含義。」

「我想像得到，」康拉德說道，他的聲音首次洋溢出熱情。「這就是為什麼喇嘛們都這麼明亮！像旺波格西這樣的老師們——因為他們是直接在體驗這些東西。」

「也許吧。」法郎笑了。

「他們有光！不設界線的感覺！他們所體驗到的意識一定非常不同。」

法郎點著頭。「他們不同於我們大多數人，我覺得他們所體驗到的不會只是一副血肉之軀。不會只是這個小小、卑微、受限制的我或自我。」

康拉德與法郎相視了一會兒，然後感慨地說：「我很高興今天你在散步途中停下腳步。」

「分享佛法是人生一樂也，」法郎邊回答，邊站起身來，這個動作看起來真的很像旺波格西。

「你幫了我很大的忙……」康拉德伸出了手，放在心臟位置，「這裡。用我想都沒想過的方式。」

法郎笑容燦爛，往後退一步，用手拍了拍大腿，要狗狗們注意了。

「『佛法』意思是佛陀的教導，對吧？」康拉德想要確認。

法郎點點頭，「也有『苦難的終點』的意思。」

法郎和狗狗們走後不久，康拉德也離開了花園。他走下台階時，那神清氣爽的模樣，是我從未見過的。

**那無邊無際的光與愛，是不會因身體枯瘦羸弱而受限的**

親愛的讀者，就我而言，同樣的釋放感也觸動過我。那是我自己的故事，有著深刻的平靜感。身為尊者貓、仁波切、斯瓦米、史上最美生物，有時可能是個沉重的負擔！很高興得知這些稱謂就像夏日微風捲起的許多樹葉一樣，都缺乏實質，也不具真正的重要性——稱謂只是一些想法，甚至可說是毫無必要。

步上假山，穿過非洲愛情花深綠色的葉子和莖幹時，我突然想到，就是這裡，這個地方就已經證明了真理是多麼令人自由自在的。在安養院，沒有人知道我的名號或頭銜。沒有人因為我是達賴喇嘛的貓，所以就雙手合十放在胸前。他們不是因為看出我是什麼身分或有什麼聯想才回應我。我只是單純地出現，並練習慈悲心。去安養院探訪他們也是我一生中最快樂的時光。

我今天的探訪與前幾週的模式一模一樣——至少，一開始是如此。麗塔和耐維爾（Neville）激動地大喊「她來了！」「治療貓！」，歡迎我出場，我後來才知道他們只要有機會就坐在露台上。

與他倆及其他坐在外頭帆布椅上的少數幾人摟抱親吻後，我便穿過敞開的門，來到那群久坐不動的老人面前，之後他們也開始熱絡起來。坐在輪椅上的女人伊薇大聲叫喚我。坐在沙發上的藝術家克里斯托弗這個「淘氣鬼」也很積極地邀我作陪。

我總是先到坐高背椅的希爾達身邊，但是今天卻發現她的椅子上沒人。我停下腳步一會兒，目不轉睛地看著她平時所在的位置上空空如也。

「親愛的，她今天早上沒有和我們一起呢。她在房間裡休息，」伊薇解釋道。

片刻後，我繞了休息室一圈，確保自己懷著菩提心的動機，同時為造福住民而在他們手腳之間磨蹭，或感激地呼嚕嚕叫。他們每個人都以自己的方式回應，有人希望觸摸另一個血肉之軀得到安慰，也有人想要得到一聲呼嚕嚕，或接受貓頭輕輕頂撞的肯定。

我沒有像往常那樣從露台的門離開，反而沿著相反方向前進，這裡是住民們從各自的房間進出大廳的一條寬闊走廊。我從未冒險走這麼遠，此刻正深入未知領域——對腳步不穩的貓來說，這永遠是一項危險任務。在本能引導下，我繞過拐角，沿著一條更長的通道繼續前進，經過了幾扇緊閉的門後，來到了一扇半開的門前。我察覺到門內有動靜，便從門鉸鏈上方的縫隙中窺探了一下；希爾達躺在一張像在醫院病房那種床上，插著呼吸器管線。有一名中年婦女傾身看顧著她。

乍看之下，我便猜到她們是母女。希爾達這位訪客正盡力保持態度鎮定，同時照料那虛弱無力的母親，她的形體在這些管線和機器之間更顯清減。

可俯瞰花園的窗戶就在床旁邊，一片喜馬拉雅山明媚的晨光。有幾扇窗戶是打開的，傳來了遠方割草機的嗡嗡聲，除了剛修剪完的青草氣息，還驚起樹叢中鵲群疾飛。外頭的噴泉在天花板上反射出閃爍銀光。

雖然在這房間之外的世界一切活動如常，然而，對於這房裡面正在發生的事我是不可能弄錯的。或許，我在這裡才待了一小會兒，但也足以意識到希爾達並不只是在休息。親愛的讀者，我們貓族在某些方面的直覺力超強。我的感覺是希爾達雖然不是馬上要走，但我一點也不懷疑她正在輕輕、緩緩地脫離她的身軀。

當我出現在門旁邊時，希爾達身旁那位女士抬起頭來，滿臉的驚訝。

「哦，媽媽！」她以動作示意。「真的——她長得和貝拉一模一樣！」

我踏進房門後，希爾達在枕頭上轉過頭來。她比上次更蒼白了。我向她走近時，女兒說：「她好像是來看妳的！」

那床太高了，若無人相助我是跳不上去的，但希爾達的女兒完全知道該怎麼做。她將我抱起，小心翼翼地放在床尾。希爾達太虛弱了，沒辦法挪動，但我知道她正密切地看著我。我先用手掌測試一下毯子之後——這才慢慢地開始往前行進，並待在她女兒對面。

希爾達的右手臂放在毯子外，我在她的右手和身體這個小圓丘之間前行，儘可能地靠近她卻不坐到她胸前。

「哦！」希爾達的女兒在我們身邊小聲驚呼。「這好特別哦？」

我坐定後，定睛看著希爾達的雙眼。雖然要貓願意與人進行全面的眼神交流是一種難得的殊榮，但我就是用我大大的藍寶石眼睛迎向她的目光，想要像達賴喇嘛本人那樣，能傳達出希爾達內心的真實本質，那無邊無際的光與愛，是不會因身體枯瘦羸弱而受限的。

她雖然臉色蒼白，但雙眼仍然有神。身體精力或許正在衰退，但至少在此刻，意識尚存。她渴望互動。

我看著希爾達，感受到她的體況雖然虛弱，但專注力卻很強。法郎說過關於上師和瑜伽師的話，在此一瞬間顯得相當適切：

**「他們不同於我們大多數人，我覺得他們所體驗到的不會只是一副血肉之軀。不會只是這個小小、卑微、受限制的我或自我。」**

就我而言，我知道這是真的。我每天都與達賴喇嘛一起靜坐，那種感覺廣闊無垠，有如海洋。他的慈愛沒有止境。從來不曾感覺到他的意識僅限於穿著長袍的身體，或某種狹隘的個人身分認同。正是因為他放下了所有這類身分認同，所以他才能是如此強大的存在。

我想要盡我所能，將這種感覺傳遞給希爾達，所以我用我所知道的最好方式去做：我開始呼嚕嚕起來。她的嘴唇露出微笑線條，我感覺到有一絲微弱的按壓力道從她的右手傳到我身體這邊。

更重要的是，我想要傳達給她的東西，她好像用注視我的方式來給我回應了；她或許已經老眼昏花，也已經看不到這世上的東西，但是，她的眼睛裡反映出深深的平安，讓我覺得她以某種方式與某種有力量的存在共鳴著，那是超乎名號或形體的。

我呼嚕嚕，她笑笑看，這時我正想著眾多智者傳頌的「空性」有多麼奇妙，尤其是在死亡之際。因為若能真正理解與感受「空性」，若人能完全覺悟到「內在自我」並非實質存在——沒有「我或自我」，也沒有關於自我的那種激情的、連續劇似的虛構情節和幻想——那麼，快死的人究竟是誰？他所失去的又是什麼？正在發生的一切就是最精微的意識形態，正從「對某種特定實相有所體驗的心」滑落到接下來在等著的什麼裡面，這難道不是最符合我們內心深處的直覺的嗎？

希爾達笑笑看著，而我呼嚕嚕叫了很久。在那個明亮的喜馬拉雅山上午，房裡充滿著平安與光明。比起只是接受已發生的事情，那種狀態更為深沉，甚至近似於快樂期待著即將發生的事。是正從痛苦、衰弱和限制挪移到無盡的光彩與幸福的過渡期。

當希爾達的女兒發出聲音時，我才抬頭看見從她臉頰上滾下來的淚珠。那不是悲傷的淚珠，是愛的淚珠。

所以，我知道她也有感覺。

那天過了中午，我才回到尊勝寺。我讓希爾達和她女兒好好地睡個午覺，自己則回到熟悉的馬路上。一到了路邊，我便戒備起虎斑貓來。或許沒有今天早上出門時那麼提高警覺了。在聽過法郎向康拉德解釋的空性，以及後來在希爾達床畔的經歷後，說也奇怪，我覺得自己有所提升了。

據說，關於「緣起」的概念，你必須聆聽數千小時的解說，才能真正理解「緣起」對個人產生的深遠影響。我聽過旺波格西的許多教導。我也感覺在我生命中的每一天，「緣起」就體現在「尊者的存在」裡。或許，我是一隻離棄了世俗實相與所有煩惱的貓？如果我不再認同「自我感覺良好」與「過於驕縱」的喜馬拉雅貓這樣的身分，難道這不是意味著我可以沉著高超，足以應付未來任何虎斑貓突襲？我是否超越了「我或自我」以及隨之而來的所有防禦姿態？只有開悟程度較低的貓科動物才會去承受「自我」這種負擔，那我是否把自我當作不恰當的東西丟掉了呢？

結果，回家的路上沒有虎斑貓。尊勝寺大門口也沒有。一回到家，我所能發現的是春喜太太備餐時那股令人愉悅的飯菜香。

我還記得她因為要準備貴賓午餐，所以那天早上很早就來上班了。此刻，午餐時間即將結束，至少客人們都快吃完了，但即使我未曾亮相，我也永遠不會被遺忘。春喜太太總是會小心翼翼地留下幾口最佳美味，討我歡心。這些好東西她會留在小碗裡，然後放在廚房旁邊食物櫃角落的餐盤上。

我跳到一樓窗台上，從專為我敞開的窗口走進去。沿著那條小走廊走著時，我就開始流口水了。如果沒弄錯的話，春喜太太應該是準備了我最喜歡的砂鍋菜之一，最為鮮美多汁的那道小吃，還有最濃郁的肉醬。

誘人的香味向我撲來，彷彿有人故意在攪動它，讓我食慾大開。我抖著貓鬚，快步走向食物。

才轉過廚房拐角，才看見春喜太太為我留下的小碗，我的注意力馬上聚焦在某種異常狀況之上。某種我實在無法相信的恐怖狀況。有個弓起上身的兇惡身影正在迅速地、大口吞食我的專屬餐點。

好你個虎斑貓！

# 第六章　總結靈性成就的前三爪

「妳在尊者面前甩門？」瑜伽師塔欽不相信。

**我即刻感到腎上腺素激增。我的本能不是逃，而是「打」！敵人都闖進家裡頭了，還吃我糧食。他好大的膽！**

我在他對面狂吼一聲。他本能地跳了起來，在半空中轉過身來面對我。落地後，他後爪抵住那小碗，小碗再抵著門邊滑行，發出了瓷器摩擦出來的尖銳聲。

我皮毛直豎，體型膨脹。我直接向他走去，停下腳步後，凝視著那雙醜斃的黃眼睛。我發出低沉、威脅性的最後一吼，警告他。

他的目光緊盯著我。但我看得出來他正在考慮各種選項，我身後的走廊通往敞開的窗。廚房門在側邊，通向卸貨區。

我沒等著。為保護領地，無論有何後果，我勢必要發起攻擊，於是我跳到他身上，用前爪極速揮拳。他倉皇失措，將我甩開，狀似不屑理睬，接著又以右前爪加以反擊。

我整個世界都在怒喊，於是再次猛地撲向他。他這一次轉過身時，用他兩隻後腿狠狠地踢了過來。他極力伸展的後爪，力道驚人，踢得我失去平衡，讓我像剛剛那只小碗一樣滑擦過地板。

正當他又要朝我撲來，直取我咽喉時，我聽到貴賓主廚大聲尖叫！春喜太太手裡握著木勺子在我們頭頂上方現身。那虎斑貓在抉擇：是用尖牙刺進我咽喉，或逃命去也？

他選了後者，從原先蹲伏的位置躍起，奔向打開的廚房門。同一時刻，我重新站起身來。我得去追。我不會讓他僥倖逃脫的。情勢已有巨變，轉而對我有利。是起而復仇的時候了！

突然間，我感覺到春喜太太的手在阻擋我，緊接著外頭傳來了撞擊聲，通向廚房院子的大門砰的一聲關上。春喜太太和一名警衛沒完沒了地互相大喊大叫。到底怎麼回事？我心臟狂跳，無法思考，身子根本無法動彈。春喜太太牢牢地壓制著我。

下一刻，另一名警衛出現——他是在達賴喇嘛的私人住所管制進出的警衛之一。他一把將我托起，牢牢箍著我，帶我上樓，走過長廊。不是去目前緊閉著的尊者住所；也不是去行政助理辦公室。到了急救室後，他迅速將我放下，然後把門關上。

我被置於一片死寂之中。因為腎上腺素滿檔，我只好在房間裡走來走去。這裡頭空間不大，也很少人使用，白牆和窗台都太高了，跳不上去。最令人招架不住的是在洗臉盆旁邊牆上的洗手液散發出來的消毒水氣味。我走過來，又走過去。心煩意亂、惴惴難安。

屋外傳來了警衛四處走動、匆匆上下樓梯的聲音。聽起來他們好像去請來了行政助理他們——我聽到丹增和奧力佛壓低了聲音在說話。他們要去哪裡？侵入者後來怎麼樣？他逃掉了，還是被圍困在廚房院子裡了？如果他們抓住了他，接下來會怎樣？他會被遣返回塔拉弦月二十一號嗎？

外頭持續吵鬧著，我不禁想起與他首次交手是他在大門口附近伏擊我那次。那次就已經讓我很頭大了，也震撼了我，反省自己長久以來「無貓族競爭對手」的生活是否太過自滿大意了。更糟糕的是，我發現他竟篡了我在塔拉弦月二十一號的位。他不是巷子裡隨便一隻公貓而已，而是成了瑟琳娜、席德和紗若生活裡的固定角色，他們家、他們的內心已不讓我進去了，好像變成這樣了。

回到我自己的最隱密的聖殿，卻發現他連這裡也要入侵——這一切會有結束的一天嗎？我該怎麼辦？這是否意味著我連下個樓梯都得懼怕可能受到攻擊？

這件事真不知道該怎麼理解才好。

外頭那些活動開始得突然，也結束得意外。急救室裡那種有如診所的徹底寂靜感開始全面襲來。這裡我還蠻熟的。我剛來尊勝寺時，曾經和丹增一起進來過，常坐在他身旁的床上，而他則吃著午餐，聽著英國廣播電台的新聞。這曾是我們當時很愛的一個儀式，但也沒有特別原因就漸漸少做了。偶而緬懷舊日時光，一瞧見他進來這裡，我還是會跟過去陪他。這裡面總有一股令我鎮定自若的感覺。

我開始在地毯中央處著手梳理自己，把侵入者遺留在我大衣上的些許唾沫和皮毛除去。忽然間，門咻地打開，我被抱起來，雨點般的吻落在我身上。

「仁波切，我可憐的小東西！」

是紗若！她身後緊跟著的是瑟琳娜和春喜太太。「那隻虎斑貓一直在偷吃妳的食物嗎？」她坐到床邊，將我一把抱起，放在她膝蓋上。「他也一直來我們家，在廚房門口哀求給他吃的。」我抬頭看著她。

「爸爸發現這件事後，非常擔心呢。」

「他真的很擔心，」瑟琳娜呼應道。「他知道要是那虎斑貓留在附近不走，妳就來不了了。」

「所以，他吩咐園丁把虎斑貓趕走，」紗若接著說道。我有一種感覺，覺得她們說出了這些事，既是為了我，同時也讓她們自己弄清楚怎麼回事。

「但是那園丁老是聽不懂！」春喜太太加重語氣說著。「一見貓就趕！」

「這就是妳沒來見我的原因嗎？」紗若好像快哭了。她低下頭來親吻我，黑髮就散在我倆周圍，感覺像是只有我倆待在髮絲帳篷裡一樣。

「噢，我的小小仁波切，但願他那時沒向妳扔泥巴炸彈？」

親愛的讀者，要說這些真相讓我鬆了一口氣，自然是相當不錯的，不過這還不算全面。因為接下來還有更多哩。

「我們聽說大門口附近有貓在打架。」是丹增的聲音。紗若抬起頭時，我見他走入急救室，奧力佛跟在他身後。他們全都擠進這小房間裡，完全以我為焦點。

「我覺得，比較像埋伏攻擊，不是貓打架，」奧力佛說。

「我接受指正，」丹增同意道。「帕特爾拿一鍋水撒向他們才平息下來。」

紗若再次摟著我親吻。「可憐的小東西，走到哪裡都被欺負。」

「嗯，希望磨難已經過去，」瑟琳娜說。

「希望對他們倆都是如此，」永遠的外交官丹增說道。「我們別忘記，虎斑貓的生活也不容易。達蘭薩拉的流浪貓……」

「真的，奧力佛，我們都很感謝你收養他。」

「我從小跟虎斑貓一起長大的，他們是非常溫柔親切的小動物。」

奧力佛？虎斑貓？我沒聽錯吧？

奧力佛呵呵笑著說：「尊者貓，別擔心了。我住得有點遠，所以他不會再來找妳麻煩了。」

紗若正以我最愛的方式，用指甲在我下巴處抓撓，我感激地呼嚕嚕叫。這一生我還沒鬆過這麼大一口氣。

「丹增，今晚尊者要監考，那我們可不可以借用一下仁波切，晚上時段就好？我想帶她回家，彌補她一下。」

丹增看著我在她膝蓋上平靜又安心的模樣。「噢，我敢說她自個兒呆坐會很無聊，她寧可和妳們在一起。」

「我們稍後就會帶她回來。瑜伽師塔欽會來我們家吃晚飯，他不會太晚走的。」

「有瑜伽師作陪，又有美食享受，」丹增歪著頭笑著。「這隻貓過的日子比我有趣多啦！」

不久，我們便離開了急救室，丹增和奧力佛回辦公室，紗若則抱著我，跟隨瑟琳娜和春喜太太走到樓下。我們穿過廚房，在通往室外庭院的門前停下腳步。在重重陰影底下，在一個看似鳥籠的幽禁之處，此刻改為關著那虎斑貓。他的體型似乎縮減了不少。那鳥籠雖小，但他看上去還是稍微清瘦了些。他畏縮蜷伏在角落裡，皮毛斑駁。我們經過他時，他抬起頭，眼裡有恐懼，四肢發抖。就是一幅失敗者的淒慘寫照。

「貓先生，你會沒事的。」我們經過時，瑟琳娜這樣告訴那虎斑貓。

「才不會只是沒事而已，」春喜太太大聲說：「奧力佛會把他寵壞的！」

「不像我們家小寶貝，」瑟琳娜轉過身來撫摸我的頭。「從來都沒被寵壞掉哦。」

「對有史以來最美生物而言……」春喜太太沒落下任何一拍，引著我們來到車旁邊並說：「沒有寵壞掉這種事啊！」

## 學習做個觀察者

親愛的讀者，這就是我能與紗若共度那晚的原因，我也得以重新熟悉塔拉弦月二十一號內部的稀奇事物，因為那是我原以為已永遠失去的東西，所以就顯得更加歡欣愉快了。

紗若去上寄宿學校後，我已習慣好幾個月不上那裡去。她每次回來，都和以前略有不同。十七歲的她已經不是個孩子，算是年輕女子了。但是，她的這些改變絲毫不影響我們在彼此陪伴下所獲得的喜悅。

無論她想做什麼，我就是高高興興地陪著她。今天，她帶我穿過露台，從敞開的落地門走進一個大客廳，四周是奶油色牆面，很多絲絨沙發，還有佔地最遼闊、繡工最繁複的印度地毯，踩在我爪子下的感覺真是舒暢極了。我們走過長廊，經過了阿拉丁洞穴，裡面好幾間房都是佈置好的，還有迴旋大廳，以及錯落的階梯。

內院的小噴泉下，有個池子四周滿滿都是蕨類植物，裡面則有金黃色錦鯉在睡蓮間靜默穿梭。我和紗若會盯著錦鯉看很久，它們很溫馴，紗若把手放到水面下就能撫摸它們。

接著，她帶我去她房間。閨房裡是粉紅色牆面，白色的四柱床，到處都有靠墊，梳妝台上擺滿了化妝品、各式刷具、各種打扮物件，天花板上則閃爍著精緻玲瓏的燈具。對於像我這樣的貓——對臥室的想像僅限於尊勝寺僧寮這樣的貓——來說，這一切實在是太夢幻迷人了。

很快，有人通報說瑜伽師塔欽已經到了，該去餐廳了；餐廳裡有鮮花點綴，還因為這次餐會而點上了蠟燭。能夠邀請到像仁波切這樣的人物來家裡用餐，這樣的殊榮只有極少數的人能得到。席德和瑟琳娜都使盡全力要讓此次餐會別開生面。

那晚在餐廳裡，愉悅的能量如漣漪般迴盪，並浸潤著我們大家。席德身著長度及膝的立領白上衣，看上去就是十足十的大君，坐在餐桌對面這位身穿珊瑚紅禮服配玫瑰金耳環的，正是他明艷動人的夫人瑟琳娜。仁波切是當晚的貴客，他坐在餐桌最前面，不同於平日樸素裝束，他身穿赭黃色上衣搭配棕色長褲，神色輕鬆，咖啡色瞳孔裡流露出的溫暖以及些許詼諧，也是顯而易見的。

我跟著紗若進餐廳時，他好像一點都不覺得奇怪，還把我當作是這家裡的人那般致意。紗若坐在瑟琳娜旁邊。雖然餐桌上沒我的座位，但我跳到近旁一處華麗的躺椅上，自覺也是聚會的一份子。上香檳的時候，我密切留意著瑜伽師塔欽，他用右手舉起香檳杯，把左手無名指浸入酒液底下，然後把酒滴彈向東、北、西、南四個方向，這是對諸佛菩薩獻供，也是為了全宇宙一切眾生的利益。我所看到的是，藉由這種方式，菩提心甚至也可以帶入喝香檳酒這樣的行為之中！

餐桌上大家自由自在交談著。自從仁波切閉關以來，這次可能是他們三年來頭一回共進晚餐，但感覺上他們好像一直都有在聯繫似的。瑜伽師塔欽問了席德在工作方面的情形，席德稍微描述了自己的貿易業務，然後話題就轉到他們的社區服務活動，他對這件事有極大的熱情。其中包括了關心錯過正規教育的孩子，要提供給他們電腦技能方面的培訓，幫助他們找到工作。

瑟琳娜則針對他所說的事情再進一步說明。說到後來，她坦承了自己此生最大的憾事——達賴喇嘛最近去廚房看她時所發生的事。

「妳在尊者面前甩門？」瑜伽師塔欽不相信。

「還超大聲的呢，」瑟琳娜承認道。

瑜伽師塔欽大笑起來，他的笑沒有聲音，卻是發自內心的，緊閉的雙眼皺縮，頭向後仰，全身都笑得震動起來了。他歡樂的模樣也非常吸引人。

他恢復鎮定後，瑟琳娜還說到她是怎麼跑去道歉的，以及達賴喇嘛與她談論「執著」一事。「執著」的東西可能是「成果」，例如生意上的銷售成績，或甚至是懷孕，也可能是物質上的東西如功成名就等等。「不再尋求自身之外的幸福」——或稱「棄絕」——這為何是一個人的靈性之旅真正的開端。

「這理論我懂，」瑟琳娜對著瑜伽師塔欽說。「我是有那個概念，就是不要讓自己陷入讓自己痛苦的想法之中。但這太難了！一旦習慣了專注在某些事物上，又要如何說斷就斷？」

仁波切坐在餐桌最前面，他點點頭。

「就好像我也有『菩提心』的概念一樣，在白天和晚上都要記得心懷最高的行為動機。但是困難的部分在於『要記得』。要開創出心理頻寬。我們要如何擺脫所有負面想法，並騰出空間給正面想法？」

**瑜伽師塔欽讓瑟琳娜的提問空轉了一會兒，然後用餐巾輕按嘴唇，仔細地看著她。「這就是為什麼『冥想』是我們修練的核心，」他說。「要把『冥想』當作是心理訓練。類似於身體訓練。訓練身體時，不僅要在訓練課上進行訓練，在課與課之間也要進行訓練。也就是說，你人生一大部分的時間都要用在訓練上。無論身在何處，無論正在做什麼，都要做個身體健壯，而且有能力的人，妳就能夠好好地應對生命要帶給妳的一切。**

「心的訓練也是一樣的道理。無論身在何處或正在做什麼，都要做個精神健康，而且有能力的人，妳就能夠好好地去應對生命要帶給妳的一切。經歷一切跌宕起伏。妳就更有能力去認出什麼是負面想法，並放下它們。如此，妳也可以找到回想起『菩提心』的心理空間了。」

瑟琳娜低頭看著她的餐盤，面帶微笑。「仁波切，每次您解釋事情，都會讓事情看起來變得更清楚。變得更簡單。」

「簡單，可是並不容易，」席德和瑜伽師塔欽相視而笑。

「那有什麼特殊的冥想可以幫助我們管理想法嗎？或者開創空間？」瑟琳娜問。

瑜伽師塔欽點點頭。「我覺得妳可能會發現『以心觀心』這個方法非常有用。要做的話，首先要專注於呼吸，讓妳的心在某種程度上安定下來，然後再注意妳的心本身。想法會自然而然地自心中產生，就像大海會湧出浪花一樣。沒關係。只要不隨想法走就好。要練習『承認。接受。放下。』要承認每個想法都是一個念頭，不要假裝沒有這個念頭。無論想法是好是壞，無論想法的性質如何，都要接受自己的想法。然後放下這個想法或念頭，就像放掉氦氣球的繩子一樣。就讓它消失。」

在場三人都很注意他所講的話。我也是。「學習做個觀察者。」

「觀察者，」瑟琳娜重複說了一遍。

「念頭有很多，這是沒問題的。我們都有念頭。重要的是……」他聲音放低了下來，大家就靠得更近些，「要成為我們念頭的主人，而不是念頭的受害人。要決定哪些念頭可跟隨，而不是慣性地隨每一個念頭，甚至也不要隨讓我們痛苦的念頭起舞。

「想像一下這種練習可以練到成為慣性。這樣子，可以決定自己心中念頭、想法的人就是『你』——不只是在冥想的時候，在不做冥想的時候也是。管理你想法的人是『你』，這些想法產生了什麼感覺，這些感覺的管理人也是『你』。」

我想起了康拉德，他坐在雪松下的長凳痛苦地彎下身體，他過去五年來，受到嚴重負面想法的影響而深受其害。瑟琳娜從廚房衝出去時，大力甩門。我在急救室裡急得繞圈圈，情緒激動得自己都招架不了，甚至連坐都坐不住。

若能放下這些令人痛苦的想法，而不是任其宰制，那就太神奇了！

瑟琳娜、席德和紗若全都看著仁波切，他繼續說道：「做這項『心』的訓練時，你會有個奇妙的發現。當你學會有意識地放下負面想法時，你會發現，你不去注意它們，它們就不會存在。負面想法需要你的能量才能存在，才能一直回來找你。你不去注意，它們就待不下去。過了一陣子，它們就完全不回來了，因為它們失去了存在的根據地。」

瑟琳娜搖了搖頭。「有多少人失眠、憂鬱、焦慮都是思慮過度所引起的。如果每個人都知道這些方法，那不是很棒嗎！」

隨著一陣溫暖微風，飄來晚香玉的幽香，廳內處處燭光閃動，窗簾沙沙作響。在那芬芳之中，在那燭光照明的室內，一生多在閉關中渡過的瑜伽師塔欽，以他個人觀察所見來解釋意識的微妙運作，而後席德提出了一個問題。「仁波切，我們所有的念頭當中，哪一種是最為固著、最難放下的？」

「是關於『自我』的念頭，」瑜伽師塔欽面向他，很快地回覆道。「在我們擁有的所有概念中，有一個獨立的『我』，有一個不僅僅是標籤的『我』這種概念，這就是我們所擁有的、最為根深蒂固、最本能性的衝動。」

席德點著頭。「或許這也不奇怪。我們花了很多精力來強化這個『自我』的觀念。即使我們經歷了人生的不同階段，也發生過很多變化，但我們仍舊一直努力要強化、具體化『我』這種感覺。」

接下來是紗若，她首次在這場談話中清晰發話道：「媽咪去世之前，你是不一樣的人嗎？」她問席德。

席德的第一任妻子，紗若的母親姍蒂（Shanti）少有人提及。她的名字出現在這場特別對話裡，又是紗若對這討論內容提出的唯一問題，感覺上那裡面有強大的祈願。

紗若繼續提出質疑：「那我以前是不同的人嗎？」

席德轉身看著紗若，眼神中充滿感情。「我已經不一樣了，」他同意道。「但是妳那時才兩歲。我蠻訝異妳還記得。」

「我不記得了。」她搖了搖頭。「也沒什麼特別的。就像太陽下山了。而且你那時很嚴肅，也很難過。」

在她身旁的瑟琳娜伸出手臂抱抱她。

「我現在沒事了，」她們擁抱後，她笑笑說著，放開了瑟琳娜並看著她父親。

「一切都不一樣了。可是，」她停了一會，然後專注地看著瑜伽師塔欽說：「有時候我真想知道媽咪的意識會怎樣。它會繼續下去，對吧？」

「對，」他點點頭。

「由業力來推動，」她繼續說道。「她的好惡，她的愛。」

「妳瞭解得很清楚。」瑜伽師塔欽在桌子的另一端，目光炯炯。

「所以說，如果她還愛著爸爸和我，就會被我們吸引過來，這是否意味著學校裡我的學妹當中若有比我小兩三歲的，有時也會來家裡玩的，她們可能，嗯，有我媽咪的意識？」

「紗若，」席德笑笑地轉身對著女兒，但語氣堅定地說道：「我們可別讓貴賓覺得自己像個市場裡的算命先生喔。」

「仁波切才不會介意！」她抗議著，瑜伽師塔欽則呵呵笑了起來。

「沒關係的。」他舉起雙手，看著席德和瑟琳娜。「嗯，她對這類事情有疑問，有興趣，那是再好不過的。」隨後，他凝視著紗若。「從技術上講，妳說得對。她可能是妳的一個學妹。但是，妳知道嗎，出生為人很珍貴，尤其是要投生在富貴顯赫的家庭並不容易。」

她注意聽他講話，這時聳起肩膀道：「那，我要怎麼知道？」

「除非你是千里眼，否則很難。但即使是普通人，一般眾生，也能有互相吸引的感覺。心心相印。」

他坐在椅子上，身體往前晃了晃，表情嚴肅，「要留意這種感覺。我們彼此之間，生生世世，都會以無數種方式有所連結。我們每一個人生生世世以來的母親多到可以把我們重重包圍住。悲哀的是，我們卻也會把其中大多數母親視為完完全全的陌生人。」

**你跟隨這份樸實的心時，平靜就會加深到一種恆常的幸福狀態**

晚餐後，我們前往塔拉弦月二十一號我最想去的地方——塔頂的空間。三個大人一路開自己玩笑，說因為吃太多了，很難通過狹窄的環形樓梯，就這樣說說笑笑上了樓。紗若則把我抱起來，輕快地跟在他們身後。

那天在塔樓度過了一個完美夏夜，塔樓四面都是大片落地窗。我還記得在席德買了這房子、裝修也終於完成之後，我們第一次像家人般上到這裡來的情形。我們四個——席德，瑟琳娜、紗若和我——就站在這兒目送日落，那一場天體表演好像是專為我們展示似的。

今晚，仁波切也在場，我們彷彿領受著月亮的祝福，夜空中月色明亮絢麗，銀色的光束照得喜馬拉雅山的冰帽也閃閃發光，極目所見有如無窮無盡的白色碎浪不斷延伸向遠方。

下一面窗則俯瞰一片松樹林，其中深色樹群有如午夜時分的大海在風中湧動起伏。

第三個窗戶則面向花壇、露台草坪，還有那條在樹木群後方通向塔拉弦月二十一號的蜿蜒車道。白天的時候鬱鬱蔥蔥、色彩繽紛，而今，整座花園已成了超現實的單一色系。月亮和一彎迷濛群星讓這裡成了引人入勝之處，花園後方的小溪正悄聲傾訴著它的祕密，並汩汩旋流至不遠的森林深處。

在第四面窗口展開的是「光」的慶典之都——達蘭薩拉；麥羅甘吉（Mc Leod Ganj）在達蘭薩拉上方，其餘地方在其下，此刻正因各類活動及移動而熠熠生輝，距離此處夠遠的它看上去更像是個一閃一閃亮晶晶的遊樂場，而不是真真實實的所在。

在塔樓上彷彿置身於天堂，可以俯視那一大片廣闊神祕的宇宙萬物。瑜伽師塔欽轉身面對主人們，他的眼睛映照出此一奇觀。「你們看！」他指向在我們四周的全景風光，「你們已經知道做一名『客觀觀察者』是什麼感覺了。」

「我們，真的，很有福氣，」席德低下了頭表示同意。

「我真的覺得這個地方很和平，」瑟琳娜說，同時示意對面有沙發可坐一會。我們全都入了座，席德和瑟琳娜坐在一邊的沙發，紗若則坐在仁波切身旁，是在另一邊面對群山的沙發上。我則佔了紗若膝蓋的位置。

「您是說，」瑟琳娜想要確認，「我們看待自己的想法時，應該要像看待這裡所見的浮雲一般？」

瑜伽師塔欽點點頭。

「這就是我們可以把想法管理得更好的方式？」她問。

仁波切看著坐在對面的她的雙眼，他自己的眼睛在月光下閃耀著銀色光點。「還記得我告訴過妳這個練習的名稱叫做『以心觀心』嗎？想法源自於心，也因此與心具有相同本質，但是心不僅僅只是認知，還有更多的東西。

「這種冥想最妙的地方在於，它讓我們能夠為了自己而直接體驗到自己的心的本質。沒有其它方法可以做到這一點。人類所有關於心的理論，包括心理學家、哲學家、神經科學家，他們所討論和辯論的概念都只是各種心智模型。各種構思。是擁有巧克力的科學模型好呢？還是直接吃巧克力好？」他笑著看了一下紗若，他這個提問只是形式上的，並不需要回答。

**「在思想的間隙，練習『以心觀心』時，即使這間隙為時很短暫，我們也直接看到了自己的心了。而且可以發現心具有某些特質。我們會發現心非常清楚，透明，心會讓任何事物升起或出現——任何想法、感覺、記憶，什麼都可以。**

「心也是無限的，沒有開始，也沒有結束。不受時間和空間的限制。無論我們的身體在做什麼，心是不會受抑制的。」

「最重要的是，」仁波切點著頭說，「心有它一定的感覺成分。心不是乾巴巴的、也不是那種用頭腦的，沒有感覺的。你的心，我的心，我們每一個人的心，它的真實本質，」他舉起雙手，「就是和平，是寧靜。你跟隨這份樸實的心時，平靜就會加深到一種恆常的幸福狀態。

「一旦你品嘗過，即使只有片刻，你就會想回到這種狀態。而且，你對這種練習的體驗越穩定，就越能確定這種原初的意識是『真實的你』。『真實的你』不是各種來來去去的、關於某種虛構自我的概念所組成的混合物。『真實的你』不是一個隨著人生階段而不斷變化的『自我』。不是，我們會體驗到更精微的事物，沒有自我，也沒有身分認同，但卻是無限的、慈愛的、喜樂的。而這就是真實本身！就像著名的梅紀巴（Miptripa）告訴他的學生馬爾巴（Marpa）的一段話：

**一般而言，一切現象皆為心本身。你的上師正是從這個心升起。除了心以外，別無他物。即使原初並未建立，但無論出現什麼，全都是心的本質。」**

塔樓內每個人都完全靜了下來，過了許久仍專心想著梅紀巴的話，或說仁波切的臨在。或說，其中一位正是另一位的顯化？仁波切用多個概念，多少傳達出一種智慧，一種超越概念的感受。儘管我們當中沒有一個人能夠覆述他話裡的意思，也無法解釋他所說的話，但我們都覺得那些話是超然的實相，是一種有如大海般深廣的喜樂，並在「達賴喇嘛的貓——修得成就的四爪之書」的空間裡如漣漪般迴盪不已，由衷而生的慈愛浪花，無形中把我們大家全都連結在一塊了。

正如紗若所承諾的，送我回家的時間不算太晚。我從一樓窗口進去，沿著短短走廊經過儲藏室時，我立即想起之前看見虎斑貓被關在鳥籠的地方就是這裡。但是鳥籠和虎斑貓都已經不在了。

我上樓去，由於尊者還在廣場對面的寺裡主持大考，所以我們住所仍是一片漆黑。我舔了幾口水後，便走向窗台，在那兒可以觀察到所有夜間往來的活動，包括達賴喇嘛是否正走在回家的路上。果然一會兒他便到家了。

那天下午的大戲開始之前，我們就沒見過面。也不知道有沒有人告訴他那件事。不過，我並沒有納悶太久。他一走進房間，便在一片黑暗中走過來在我身邊坐下，我真喜歡他這樣子。

「我聽說今天的事了，」他伸手撫摸我的脖子。「妳一定很難過吧！他們告訴我，有另外一隻貓在這裡待好一陣子了。幸運的是，奧力佛心地很善良。

「雪獅啊，妳知道那是什麼滋味，對吧？沒有家，沒有食物。也沒有人對妳好。」

在那一瞬間之前，我一刻也沒想過那虎斑貓與我之間有何相似之處。那天下午回到家，我看到的是一個闖入者。是惡毒的埋伏者，是入侵我家的蠻族。但是，尊者揭示了那虎斑貓還有一種完全不同的狀態。這個狀態下的虎斑貓好比是以前的我，是尊者從新德里街頭救出的那隻殘缺的小小貓咪。是一個需要有人同情的狀態。

我記得看見那虎斑貓瑟縮在籠子一角時，感覺好驚訝。也突然想起那日下午離開安養院時，覺得自己的心態已經完全不一樣了，也很驚訝地相信自己已經擺脫了所有自我的束縛了，想像自己已經以某種方式超越了所有的自我中心了。這種覺醒好粗糙啊！

「我們都想要有食物和一個安全居處，不是嗎？」達賴喇嘛俯身在我身上。「我們都希望給予愛，也接受愛。」

這些話出自七年前，我第一次聆聽尊者所說的內容，那時也是在這個房間裡頭。然而，已經過了這麼些年了，我仍然在學習這些話的含義。在那一刻我立即瞭解到的是，在我們周圍世界中所見眾生的狀態既反映出他們的心，也反映了我們自己的心。而且，當我們的心中滿滿都是關於「自我、自己的需求和願望」的想法時，對他人的空間和慈悲心就會減少，而我們也會變得較為不快樂。康拉德執著於他自己有罪的想法，過去五年都過著只顧自己痛苦的生活，直到法郎為他指出了出路，擺脫自造的心理監獄。

「如果對『空性』沒有最基本的瞭解，就很難培養出衷心的慈悲，也體驗不了真實的慈愛。」一如往常，達賴喇嘛再次直接回應了我的想法。「如果總被外表欺瞞，如果從不質疑自我的本質，那麼，我們注定會被自己的心所害，即使那心也才芝麻點大。

「但是，若能放下這種過度關注，即使只是一點點，」在我身旁的他站起身來，深吸了一口氣，挺起胸膛，「有了空間，有光亮。我們就可以採取步驟來實現身為開悟眾生的真正潛能。」

夜色漸深，就像過去的許多夜晚，我們共享這段精心時光，眺望著點上了燈火的廣場，再過去些則是比丘的住所，那些上了簾子的窗格光由橙轉為暗黑。接著，照亮廟宇周圍的吉祥符號和聖物的燈光也按照著特定順序，一個個地熄滅。

「『放下』，」達賴喇嘛開口道，他指的不僅僅是他一向以來的主張，而是包括最近發生在我們周遭的事情。「一件接著一件事情，都是在講『放下』。若希望得到幸福，那就要『棄絕』——放下妄想。若想要實現人生的真實意義、體驗到最大的福氣，就要發『菩提心』——放下對自我的執迷。若希望自己能根據實相行事，就要清楚『空性』——放下對事物本來面目之外的假象。」

多好！我在想，尊者能夠細膩又簡單地講清楚如此深刻的真理。在這三句話裡，他總結了靈性成就的前三爪了。

當然，還有第四爪呢。但今天已經太漫長，時間也太晚了。最終，那朵金色蓮花的花苞在搖曳中的顏色轉為陰暗後，我們房間也陷入了一片黑。涼爽微風從窗口送來喜馬拉雅的清新松香，令我精神為之一振。

有位見習比丘汲著拖鞋，行色匆匆地穿越廣場來到尊者房間，月光下的他成了個暗影。「唵嘛呢叭咪吽！」夜色的沁涼中傳來他嗓子的高音。

「唵嘛呢叭咪吽，」達賴喇嘛回聲般重複道，帶有溫暖祝福。

# 第七章　第四爪「連結上師」

紗若也顧不得禮貌，開口便問：「瑟琳娜，上師為妳所做的事情當中，哪一件是最好的事？」

親愛的讀者，當你感覺到有什麼事在醞釀中，可又不確定到底是什麼事，那時，你就會有一種感覺。可能是鬍鬚抖動覺得刺痛，也可能是耳朵邊上一陣痙攣。那是言語無法形容的覺知，只不過，這一份覺知還真是明顯，就好像有人拿著擴音器在四處宣講——只不過用的是外國話。

## 智慧所傳遞的「洞見」具有改變我們的力量

嗯，這就是我在「喜馬拉雅・書・咖啡」所發生的事，各種各樣的事情。彷彿某個不知名的地底層，其結構板塊開始在挪移了。有一場變革，預示著各種可能性和新冒險。

例如，我得知瑟琳娜訓練青少年電腦技能，並幫助他們找到工作，而且這個培訓成果已經獲得了政府相當程度的肯定。某日下午他們在我身後的沙發區喝茶休息時，她曾向布蘭妮提及此事。隨著香料包的銷售業績傳來捷報，她的培訓計畫將發展出比以往更大的規模。

她對布蘭妮說，這要比獲得政府機關肯定更令她開心。不過，能得到政府肯定還是很不錯的。

幾天後，法郎手裡拿著一張紙從經理辦公室走出來。「你看過這個了嗎？」他拿給山姆看時問道。

「布蘭妮有提過。」他掃視了一下那封信，雙眉挑高。「她並沒有提這個……」

「果然是瑟琳娜，太低調了，」法郎說。

「可能是不想要大驚小怪的吧，」山姆猜測道。

法郎凝視著前方片刻，顯然心思放在別處。「或許，我們應該為她小題大作一下，」他說，但我不知道他是什麼意思。

後來，我聽到他和席德講電話。是在討論獲獎的事情，還有瑟琳娜不想張揚的態度。顯然，這兩人對於接下來的事情有達成共識。但是，我沒能聽到正在計劃的都是些什麼樣的安排；法郎關上了辦公室的門，用下午剩餘的時間打了好幾通電話，只有時不時地冒出頭來，眼神中閃著興奮光采。其中一次，我聽到他提到「保鏢」這個詞。

這還不是全部。從學校返家度假的紗若會固定來咖啡館，就在樓上辦公室幫瑟琳娜經營香料包業務。

這意思就是，要和紗若在一起的話，我就得搬到樓上去。她從雜誌架上把我抱起，緊緊摟在胸前，然後把我放在她工作的桌上，並在那兒仔細地先鋪上了羊毛毯。

我會把四爪收攏在身下，就這麼待上幾個小時，仔仔細細地瞅著她，間以摟摟抱抱或打幾個盹兒。

儘管我實際待在樓上的時間並不長，但與紗若在一起卻有某種非常特別之處。有一種連結感，非常獨特，讓我耳目一新，也覺得就是不一般，還有一種要拉開什麼序幕的感覺。一種前奏感，有大事即將發生的前兆。

而且，過去幾週，我留意到書店新助理——來自溫哥華的安琪拉和康拉德之間不斷有進展。他們是從書架邊認真的討論開始的。康拉德請安琪拉建議當地的旅遊書籍，而安琪拉推薦的旅遊書是附有各種圖片說明的登山健行活動——結果，原來這項活動是他倆共有的興趣。

然後有一天，他們不是站在書店裡，而是一起坐在餐廳雅座——最靠近我的雜誌架那個雅座。康拉德幾個月前才來到達蘭達拉，他一直定期造訪「喜馬拉雅．書．咖啡」。無論是在看書，或是在筆電上工作，他始終帶有孤獨味道，他的身旁彷彿有無形的防禦，往往讓他人望而卻步。

但是，自從在雪松下與法郎一席話之後，情況有了改變。他全身煥然一新，也變得開放多了，有參與的意願。這是我第一次見到他和女生在一起，他們對話很熱絡，兩人都很投入。安琪拉專心聽康拉德講話時，她平時略白的臉龐會飄來紅暈；凝視著他淡褐色雙眼，專心審視著他輪廓分明的深色五官時，她會把臉旁的頭髮往後攏。他們喝咖啡時，會從深沉嚴肅的談話，轉為放聲大笑。我注意到當他們靜靜地坐著，看著對方的眼睛時，他們不講話。只是笑笑的。

他們起身時，康拉德摸了摸右肩，說是有點緊繃。就在那時，安琪拉建議他可以試試晚上的瑜伽課。她已經跟著瑟琳娜定期去上了好幾個禮拜了。

「妳覺得會有效果嗎？」康拉德問。

「很可能喔，」安琪拉說。

「我聽說瑜伽老師去旅行了，不在呢。」

「對，陸鐸已經回德國快兩個月了。顯然，在那裡過得不錯。可是，有一些資深學員會去上課。而且你真的應該去看看那個教室，景觀出奇地好！」

「我還以為做瑜伽時應該專心在自己身體的姿勢？」他笑著質疑她。「不可以分心啊。」

「沒錯，」她同意道，眼睛裡閃閃發光。「但是，有些令人分心的事物是多多益善的啊。」

由於尊者要在新德里舉行的某個人道主義會議上演講，當晚預計會很晚才回到家，所以我便決定去上瑜伽課。我蹲伏在教室後面的木凳子上，看著一群學生隨著西塔琴配樂靜心，接著以一首印度祈禱文深情昂揚的節奏，演練著早已熟悉的連串體位法。

自陸鐸回德國以來，有多名資深學員輪流帶領課程進行。今晚輪到艾文，雖然他靈活有力，平順地演示各種體位姿勢，而且當大家在「半月式」當中差一點垮掉時，他還展現了幽默感，但與陸鐸在的時候相比，整體感覺還是很不一樣。不同的能量。自陸鐸離開以後，這裡就失去了某種意義感。

陸鐸不在也讓班上人數減少了，尤其是過去幾週。陸鐸離開之前，通常約有二十五名學生來上課。我聽瑟琳娜說最近幾週學員人數已經少了一半左右。那天晚上只有九個人，其中還包括安琪拉和第一次來的康拉德。

因此，接下來的事情發生的時機並不好。在課程即將結束前，學生們做著攤屍式大約十分鐘後，柔和的音樂裡參雜了鈴聲大作，而且鈴聲很堅持。艾文起身，走向筆電，並連上了音響系統。這樣子，鈴聲就更大了，他花了好幾秒才弄清楚是怎麼一回事。

「是陸鐸！」他宣布道：「他打了網路電話來！」

陸鐸的聲音從音響系統轟隆隆傳出來，學生們從地板上站起身來。「我想知道今天晚上上課情形？」他以條頓人獨特的口音問道，好像他本人就在教室裡那樣地清楚。

他語氣中帶著調皮口吻，似乎也知道這個時間打電話來會讓人嚇一大跳。儘管來回已寫過幾封電子郵件，但這是他離開後首次以電話聯繫。

學生們開始聚集在電腦旁邊，對著鏡頭揮手致意。「嗨，陸鐸！」瑟琳娜彎身向前看著螢幕，法郎也雙手抱胸，點頭致意。其他人則異口同聲地說著「嗨」和「南麻斯爹」（namaste）。

艾文說了他在「半月式」當中差點兒翻過去的事，大家笑成一團。接著瑟琳娜告訴陸鐸，艾文選的「脈輪平衡」音樂有多棒。他們也問陸鐸他在德國過得怎樣，氣氛很輕鬆。

看來，陸鐸一直沉浸在他的出生地、家人，以及自幼認識的朋友陪伴。但他還是難忘喜馬拉雅山，於是計劃在兩週內回來。

喇叭裡傳出了他在問蘇琪（Sukie）的聲音，艾文只得告訴他，那天晚上她沒來上課。瑪麗莉也沒來，多年來她的瑜伽墊都在蘇琪的隔壁位置。陸鐸也問了另外兩名常來的學員卡洛斯（Carlos）和喬丹（Jordan），這才得知他們也都缺席。然後，他叫艾文用相機掃描全場，好讓他看到誰有來上課。「我們這裡有九個人，」艾文告訴他。

「還有康拉德喔，他是從瑞士來上課的新學員呢，」瑟琳娜想要給他一點正面消息。

我看見陸鐸的臉出現在電腦螢幕一下子。如果剛剛說的話讓他憂慮不安，那麼他並沒有表現出來。他看起來還是那個面容黝黑、輕鬆自得的他，甚至是更鬆的，雖然是遠從世界的另一端透過電腦螢幕出現，但他仍然傳遞出一種「等持感」，泰然自若。他告訴學生們他很快就會回來。他有點神祕地答應眾人，會帶著「驚喜」回來，不久便結束了通話。

接著，學員們全聚集在露台上，倚身在各種不同的靠墊、豆袋和毯子上，觀賞著喜馬拉雅山上的落日。放假回家後一直都來上課的紗若在席德和瑟琳娜的中間找到了一個位置。我則想都不用想，就窩在她雙腿上，在我最愛的家人陪伴下好舒服喔。

瑟琳娜一臉心事重重，環顧著來上課的同學們。「可憐的陸鐸，我真不想跟他講。」

她伸過手來撫摸我。

「妳是說只有我們九個人來上課？」艾文問。

她點點頭。

然後安琪拉說，「他好像不是太擔心。」靜默片刻後，席德回應說：「陸鐸是『等持』大師啊。即使教室發生火災，還記得嗎？幾年前發生的事？他仍然能保持冷靜。」

「火災？」安琪拉問。

「就在這裡，」瑟琳娜瑟縮著。「就在露台上。好在，尊者貓給我們發出警告，因此可以及早採取行動。否則，情況可能會更糟。」

所有的目光都轉向我。

我輪流看著席德、瑟琳娜、艾文和法郎，以及其他新舊學員的眼神，突然間我意識到有些人來到這個特別的地方都已經多長時間了，以及我們共享了哪些回憶。

「我們之前和陸鐸一起坐在這個露台上時，」瑟琳娜把大家拉回到了現在，「他在問長遠來看，這個瑜伽教室會怎樣。」

「很揪心，」席德說。「他談到了需要放下。他不知道在他永遠離開我們之後，這個教室會發生什麼事。」

那一刻，地平線上浮現烏雲，遮住日光，同時自岡格拉（Kangra）山谷吹起一陣寒風。紗若裸露的手臂上起了雞皮疙瘩。

「今晚所發生的事情，」瑟琳娜說：「或許已經給出一種答案了。」

學生們靜靜地啜飲各自的大杯綠茶。一會兒之後，法郎正色說道：「可以肯定的是，這說明了上師（guru）的重要性。」

大家輕聲表示贊同，接著席德說：「上師是一切覺悟的源頭。」

「上師是我們修練的根基，」法郎表示同意。

康拉德看看席德，又看向法郎，然後他問：「你們講的不只是瑜伽，對不對？」

「任何與技能相關的學習都是，」法郎說。「當然，不只是瑜伽，佛法上的練習也是。」

「你所謂的『上師』，」安琪拉想弄清楚，「與普通老師不同嗎？」

法郎點點頭。「學校老師、大學講師，他們傳遞資訊。他們也幫助我們去理解某個主題，解開我們心中疑惑，解說事物的道理。這些都與知識的傳遞有關。

「智慧則不一樣。智慧所傳遞的『洞見』具有改變我們的力量。唯有對某種『洞見』瞭解得夠深入，才能得到能帶來改變的智慧。到那時候，知識才會變成智慧。」

法郎看向資深學員們想要尋求支持。「你們都同意嗎？」

其他人都點頭。席德補充說：「上師是智慧的化身。他在身體、言語和思想上的每一個作為都流露出智慧。」

「你的意思是，」康拉德想要更清楚地理解，「上師不是只解說道理，他會讓你看見道理如何落實。他說到做到。」

大家紛紛表示贊同，然後瑟琳娜說：「還有呢。你們看，」她示意在露台上的眾人。「我們這裡有九個人，我不是在指責沒有來上課的人喔。關鍵是，沒有陸鐸就是不一樣啊。」

眾人皆點頭稱是。

我即刻想到達賴喇嘛不在家時的那個窗台。沒有他，窗台也不是一樣的窗台了。這就是為什麼我要來上瑜伽課的原因。

「上師所做的事不只是解釋、體現，」瑟琳娜繼續說道：「他也激勵、啟發學生。」

「像私人教練那樣嗎？」康拉德說。

「這比喻不錯喔！」法郎說。

高聳的群山在我們頭頂之上，就像老朋友那樣守護、依偎著我們，散發出深沉豐厚的橙色光，傾斜的光線在漸深的夜色中如漣漪般蕩開，以不斷變化的縹緲之舞照亮了露台。

「在喜馬拉雅山地區，」席德說：「人們都相信學生和上師之間的連結是我們一生中最重要的事情。這樣的連結肯定會比你知道的，甚至你相信或修練的東西更為重要。尤其是在靈性的培養方面，最重要的是師生之間的直接交流，已開悟的大師與他門徒之間的交流。這樣的交流會發生在一種超乎言語的層次。」他雙手合十在心前。

「有一種……」他聳著肩，想找出可以表達的字眼，「怎麼說呢，這份力量所傳達出的一種清楚、一種瞭解，會讓學生不再對老師所體現的『終極實相』有任何疑問。有時候，可能還有一種洋溢著幸福的感覺。學生或許平生首次，可以隱約感受到全然被接受的感覺。體驗到純粹的愛。」

眾人都專注地看著席德，就在那一刻他彷彿正在進行著這樣的交流。紗若敬慕地看著父親，把頭部靠過去，短暫地倚在他肩頭。

席德面露苦笑，看著眾人說：「我們講的這些都是純粹心智上的東西。」

「是不用言語就能懂的東西嗎？」紗若靠在他的肩膀上小聲問道。

她的父親點了點頭。

「我聽人家說過，」艾文說：「上師就像個放大鏡。佛陀給了八萬四千種法門，但是與你我相應的是哪一些法門？我們有哪些個別的心理障礙？重點是，上師會聚焦於和我們相應的那些法門與練習。」

「上師是比佛陀本人更仁慈的，」瑟琳娜回應道。

「比佛陀更仁慈？」安琪拉聽起來很是訝異。「這樣說不會有點……不敬嗎？」

瑟琳娜搖搖頭。「歷史上的佛陀，釋迦牟尼，實際上今天並不在這裡幫助我們。但是，老師就在我們身邊。他們就是對我們更仁慈的人，教我們如何消除不滿的心情，以及如何得到長久的幸福。這就是可以說上師比佛陀更仁慈的原因。」

安琪拉在理解這些話時，法郎插嘴道：「『沒有上師就沒有佛陀』，甚至還有此一說呢。」

瑟琳娜點點頭。

「我們對佛陀大部分的認識，」法郎繼續說道：「是來自於我們的上師。我們對練習的感覺無論是何種關聯也都是來自於上師，關於這一點有很多傳說。就像大瑜伽師兼上師——那洛巴（Naropa）在空中幻現名為「喜金剛」（Hevajra）的本尊，並喚醒他的學生馬爾巴（Marpa）來觀看。那洛巴問馬爾巴，應該要先向誰頂禮：是本尊『喜金剛』，還是上師。馬爾巴選擇先向『喜金剛』頂禮，因為他認為他的上師那洛巴是隨時都可以看到的。但是後來那洛巴指正他說，沒有上師就沒有佛陀。」

眾人思考著這個故事的寓意好一會兒，然後紗若問席德說：「爸爸，您不是總說上師的心和佛陀的心是一樣的。上師就像是佛陀嗎？」

席德點點頭。「那樣的想法是有益處的。那不是為了上師的緣故，而是為了我們自己。我們的上師並不在乎我們對他有何看法——他們是超越那個的。但是為了我們自己，當我們非常尊敬某個人時，我們也會非常重視他對我們所說的話。當我們把他的教誨放在心上時，這便是我們從這段關係中所獲得的最大價值了。」

隨著日光浸潤了遙遠的地平線，自峰頂傾瀉而下的金色河水也閃著深紅的光澤。在露台上，我們這一小群都在反思著今晚意外的一堂課——上師的重要性。這一堂課因為陸鐸缺席後又突如其來的一通電話而顯得更加有意義。

「關於上師和門徒那些故事聽起來真的很棒，」康拉德說。「學生和老師的關係好像很密切。但是，現代人真的可以那樣嗎？特別是對我們西方人來說，根本不習慣這種思維方式？我想到像旺波格西這樣的老師時，我覺得他很棒。但是，別誤會我的意思喔，他也很……遙遠。他是藏族人，我是瑞士人。即使他願意收我為學生，我不知道是否能感覺到你在講的那種連結？」

席德伸出手，握了握他的肩膀。「誠實是件好事，而且選擇上師不應該太急。別人想要這個人或那個人作他們的上師，並不意味著你也必須這樣做。」

「我還在讀書時，」艾文回憶說：「我們的物理老師史蒂文斯（Stevens）博士，他是老師當中學歷最高的。我在他的班上。雖然他在學術上很有成就，但我身為他的學生卻一無所獲。史蒂文斯博士頭腦聰明，熱愛探索量子謎題、複雜演算。擅長科學類的同學都覺得他很棒，我不覺得啊。基礎知識，他很快地就帶過了，而我根本沒有時間好好學習這些基本的東西。後來，有學生告訴他我們所遇到的問題，但他就是不明白。他弄不懂為什麼我們會聽不懂，因為對他來說這些事都太明顯不過了。

「幸運的是，後來把他換成貝爾（Bell）先生。貝爾先生沒有物理學學位，但是很清楚我們面臨的問題，因為他也曾經面對過這些問題。他對我來說是更好的老師，我認為佛法也是這樣。最適合我們的上師不見得是一般所謂的傑出人士，或學術名聲響亮的人。」

「有些教導中提及上師有哪些特質，」瑟琳娜說：「他們應該具備的某些素質。艾文，就像你說的那樣，並不一定只是看資格條件。我們的上師不必是最有名氣，或最有人氣的，或不停在世界各地飛來飛去，來這裡賜福，去那裡啟迪的那種。」

「能夠與這樣的喇嘛同在，這種機會是很少的，」法郎同意道，「更不用說要與他或她建立連結了。」

「那個特殊連結……」康拉德從陽台對面看著瑟琳娜，接著看向席德，他神情激動。

「能遇見合適的人一定很棒。能認出這個人是非常特別的人……」

「哦，對！」安琪拉贊同道，她同時看了康拉德一眼，並與他四目交接，然後又看向別處，似乎突然意識到自己的感嘆中有雙重含義。即使暮色漸濃，也看得清楚她羞紅了臉。

「太好了，」席德迅速接話，不想讓她繼續臉紅下去。「這就是為什麼找到自己的上師如此重要，可以說是我們佛法之旅的開始。你用『認出』這個詞是對的。在佛教中，我們相信一旦上師接受你為門徒後，無論你要經歷多少生生世世才能開悟，他（或她）都有責任引導你走下去。」

「所以說現在的上師有可能曾經是你的上師？」康拉德的眼睛發亮。

「沒錯，」席德點點頭。

「多少輩子，多少上師，但或許只有那一個，」艾文苦笑說道。

「我從未意識到，」康拉德搖了搖頭，「上師有多重要。」

法郎一直倚在墊子上，閉著雙眼聆聽周圍談話聲，顯然出於堅定的信念，他開始用一種樸實語調說起話來。他說：**「在佛法中，上師就是一切，一切都是上師。上師是『棄絕』，因為是他讓我們看見我們的問題並不存在於外界，而是在我們的心**

中——而且，我們可以解決這些問題。上師是『菩提心』，因為是他讓我們看見開悟之道是去幫助他人發揮最大潛能。你可以說他是菩提心的化身。而且上師就是『空性』，因為我們冥想他的臨在時，我們的心與他的心相會時，我們便直接有了『非二元性』的體驗。我們超越內在外在的經驗，自我和他人的經驗；暫時地，我們可以住於無限和平，即他的佛性與我們的佛性之中。」

在黃昏暗影中，群山冰帽柔化為最淺的粉紅色。法郎的話聽來如此清晰，那是出自暖人心房的真實之處，瑟琳娜不禁向他伸出雙手，緊緊握了他的手一下。無需言語。

這時候，紗若轉身直接看著瑟琳娜，她心懷少女強烈的好奇，也顧不得禮貌，開口便問：「瑟琳娜，上師為妳所做的事情當中，哪一件是最好的事？」

這是個好問題，問得很清楚。是個值得回答的問題。

她停了好一會兒才覺得有辦法回應：「信仰，」她說。「不是靠外力或外在的信念體系所得的信仰，是我自己由衷生出的信仰。就像上師一樣，『我所需要的一切就在這裡』這樣的信仰，」她邊說邊碰觸自己的心臟位置。「我只需要去開展它。」

露台聚會結束後，瑟琳娜、席德和紗若還留下來幫艾文整理教室、用吸塵器——這是我最不喜歡的室內活動了。親愛的讀者，您知道有哪隻貓會喜歡吸塵器惡魔般的鬼叫嗎？

出了「下犬式瑜伽教室」後走在回家的路上，我發現康拉德和安琪拉就在前方不遠處。在暮色中，我聽見他們輕聲交談，呵呵笑著，安琪拉的嬌柔女聲和康拉德的男低音上下交錯著。他們的手臂，或許是練了瑜伽的成果吧——那些拉長延伸的動作，讓手臂和手腕都更柔軟了——還是說，還有其它什麼原因讓他們的手不斷地碰到一塊兒呢？

**只要我們繼續練習慈愛，並為未來的正向結果創造緣由，就不必擔心會發生什麼事情**

從瑜伽教室出來的路走到底，是個丁字路口；他們倆向左轉，我則右轉往尊勝寺去。我停下腳步。有一群自行車騎士正從右手邊的拐角處疾馳而過，人聲雜沓，車輪呼嘯，把安琪拉和康拉德擋在了我視線之外。

騎士們經過之後，他倆又走得更遠了，此刻正一起站著看商店櫥窗。手牽著手。

或許在聽過最近幾週的談話之後，「放下念頭」是我越來越熟悉的練習了。或許是瑜伽師塔欽的鼓舞，他在塔樓裡談到要「常住於意識的真實本質」。又或許，這正是法郎剛才所說的關於心靈交會的事。無論原因為何，我走回尊勝寺大門時，並沒有繼續走我習慣走的路，而是被一種衝動引導著而去做了某件不一樣的事。因為我並沒有積極地在思考，所以那件事似乎與我自己的念頭沒有任何關係。我只是享受著夜色，而所發生的事情的源起是言語說不清楚的。或許你會說是一種覺知？就是感覺到了某件事。我允許某種細微跡象繼續顯化出來。

我繼續往前走。沿著花園走，這裡我很少在晚上才來，現在很寂靜；我穿過草坪，旁邊那張長凳上空無一人。我甚至沒停下來吃點貓薄荷就爬過假山，走到安養院的露台上。華燈初上，但露台上空蕩蕩，拉門緊閉，窗簾也拉上了。

我找不到入口，便繞到建物的側面，沿著環繞建物的路面磚前進，最後來到了安養院的正門口。這裡不是我之前闖關的入口處。一眼可看到安養院空曠的停車位和殘舊的柏油路面，以及刷成白色的正門口燈火通明。最重要的是，前門通往接待區。前門是打開的。

我走了進去。接待處沒有人，但我可以聽見在裡面某處的説話聲，以及餐具的碰撞聲，因為正是用餐時間吧。我繼續前進，壯著膽沿著走廊走下去，雖然不熟悉此地格局，畢竟與之前的出發入口處不同，卻仍感受得到那種自動返航的相同本能在引導著我。

希爾達的房間角落裡只有一盞溫暖的燈亮著，她的床鋪仍然是靠近窗戶那個，遠在房間的另一端。窗簾並沒有拉上——或許窗簾一直開著，是要讓她享受當日夕陽？

她獨自躺臥在黑暗窗戶旁的陰影中，一動也不動。我朝她走去，我能先跳到給訪客坐的椅子上，再跳到窗台上，最後跳到她床上。身為一隻走路不穩的貓，我毫不客氣地、重重地落在她腳邊。但就算她有感覺到什麼動靜，她也沒反應。

她的頭部由枕頭撐持著，向右傾斜，雙眼緊閉，臉色蒼白，只有通向鼻子的呼吸管有最輕微的動作。她的身體似乎縮得更小了，像個孩子般大。她的右臂露在被子外面，我就是在她的軀體和手臂之間那條小路上謹慎跨步前行。我在她手肘附近找到了可以坐下的地方，繞了一圈，揉了揉床單，然後放低身軀安坐下來，這樣她就能感覺到我在她手臂上的溫暖，她的指尖可以感受到我大衣的觸感。

我開始呼嚕嚕叫了起來。同時，我用我藍寶石的目光定睛看著她的臉。毫無疑問，我知道把我帶到她身邊的是什麼了。那種第六感，那種自動引導的衝動，我不曾質疑過。我一直遵循它，而現在唯一重要的是要讓她知道她並不孤單。她可能必須自己去面對下一個關鍵過渡期，但她的出發地這裡真的是一個有慈悲心的地方，有慈愛存在的地方。

如果她能夠睜開眼睛，最後一次睜開，我覺得會很好。但她沒有這種精力了——而且，這不是我的事。在這一個只有我倆的時刻，靜默而神聖，安養院遠處的聲響是屬於另一個世界的，而她的確溫柔地認可了我的存在。有那麼一瞬間，我感覺到她右手手指往我的柔軟茸毛靠近了些。片刻之後，她嘴角抽搐了一下，淺淺含笑。

這就夠了。我們的連結很明確——她知道我是和她在一起的。每當我覺得她的能量在減弱，我的呼嚕聲就變大，她氣若游絲，有如燭火將滅，每一次的呼吸都遲疑未決，含糊不明。

我曾聽聞有些人死前喉嚨會有嘎嘎聲。但希爾達並沒有，她反而只是漸次放緩。從本已虛弱的存在中輕輕退出，感覺是完全自然的退場。她呼吸管線的細微動作也變得更加細微，直到最後的完全靜止。

根據藏傳佛教，身體死亡並不是生命進程的結束。所有身體機能都已關閉，但意識仍會停留在體內一段時間；以普通人來說，停留時間從幾分鐘到更長時間不等。在此期間，心理活動會經歷一個消融的過程，意識的不同元素一個個停止運作，直到唯一一個極致精微的意識留在心中。

在這一切進行的同時，我持續發出咕嚕聲，讓這聲音振動承載著我的祝願，希望她得到最大的幸福，能夠繼續前進，以體驗到更美好的實相。最終，得以開悟。

正如喇嘛們常說的那樣，人臨終時的心境非常重要，可以決定何種業力成熟了，以推動你投入未來。因此，人生最後時刻的意識，一般認為是我們這一輩子最重要的時刻。希爾達緊握的手、她臉上的微笑說明了她在最後一刻，至少有滿足，有平靜。從我對希爾達的感受來看，這些信號指向內心深處感受到了寧靜與感謝。

我不知道我在希爾達身邊待了多久。親愛的讀者，到底是我的想像而已，還是真有其它什麼的，這也不好說。但是，我在與希爾達共處的那個安詳幻影中——那是開放的心靈，以最為原始的方式可以感觸到的地方——過了幾分鐘之後，我感受到能量轉換了。是一種釋放。

有一種「她已經離開了身體」的感覺，以及她已經放下所有她以前必須承受的限制。那些限制令她窒息，在很長一段時間裡，她都無法在沒有器械幫助的情況下呼吸。轉瞬間，她就走了。

不久之後，我也決定離去。我從她的床上起身，跳到窗台上，然後是椅子，然後是地板，然後我穿過房間往回走。我沿著外面的走廊，走過接待處——此時仍然空無一人。走到室外的夜色中，踏著環繞著建物的路面磚，回到露台上。

這裡整個一片漆黑，卻是個萬里無雲的夜，月亮星辰在假山周遭灑下空靈的光，把巨石刷成神祕的白色，讓非洲愛情花的葉片在晚風中蕩漾出銀波般的漣漪。我就像大多數的貓一樣，是夜行性動物。月光下的時光悄悄向我訴說著大白天裡無法分享的祕密。意義重大的是，我感覺離靈性世界更近了，離天啟、直覺和奇蹟的時光更近了。

我走過黑暗，撥開星光下的莖葉，出現在花壇的另一邊。不同於我去見希爾達的路上，長凳上不再是空著的，花園不再是寂靜的。康拉德和安琪拉坐在雪松的樹蔭下互相擁抱親吻。他們對周圍的狀況毫無知覺，我從花壇出來，穿過離他們不遠的草坪時，他們根本沒注意到我。的確，就算我不是以孤單一隻貓的形式顯現，而是以八隻實際大小的雪獅顯現——就是在喜馬拉雅山區各處寺廟中，馱著最大尊佛像的寶座，每個角落都有兩隻雪獅——他們還是不會注意到我的，他們一心一意就只有對方的存在。

我走上通往台階的路，順著台階就可以來到大馬路。同時，我看向群山，冰凍的山峰看起來好像因某種魔法而懸浮在半空中。從我身後傳來年輕情侶的呼吸聲。在那裡，某處，曾經住在希爾達心中的精微意識，或許正在尋求顯現的機會。

那個精微意識會被引向何方？到誰身上？她創造的是什麼樣的業力，會讓她注定在某個特定領域，或作為某種特定類型的生命去體驗新的篇章？醒悟到生命之輪的大自然力量，我震懾於可能性的無限寬廣，以及一種持久的和平感，在平凡的外貌底下，一切都很好。只要我們繼續練習慈愛，並為未來的正向結果創造緣由，就不必擔心會發生什麼事情。

一如既往，在回家的路上，那個凡事好奇的我，那個總要解開所有謎團、那個愛問問題、自我感覺良好的我，不禁再次想探詢，在我自己這個特定的生命輪中存有的一個空白。那幾十年的缺口，自從我一九六零年是達賴喇嘛的拉薩犬之後，到七年前我以尊者貓的身分顯現之間的那個缺口。

我去了哪兒？我和誰有連結？親愛的讀者，或許是夜色的某種魔力，但我有一種感覺，這一切很快就會揭曉。

恰巧，在我走過廣場的同時，尊者所乘坐的車輛也遠從新德里駛入了尊勝寺大門。不一會兒，達賴喇嘛就從車裡出來，他伸展了雙腿和背部後，便走來到我安坐之處。

「我的小雪獅，晚安！見到妳真好！」他彎下腰來撫摸我。

奧力佛從車裡走出來——顯然他們是一起出差去的——還有兩名身材魁武的保鏢。

「晚上的景物看起來比白天美多了，」他說著，同時環顧著只有星月照亮的熟悉廣場，並調頻到我的意識狀態。寺裡一片漆黑，不久前，寺裡寺外的燈光都關掉了。不尋常的是，寺裡大門一直是敞開著的。從入口便可見到中央的正下方，中間那尊佛像足下常設的燈光，形如蠟燭般閃耀著，這一份光亮，乃用以供奉給開悟的臨在。

很少見到寺中如此景象。剎那間，尊者自發地伸手將我抱起，他邊走上台階，邊將我摟近身邊，然後踢掉腳上穿的涼鞋，率先走進寺裡。奧力佛和保鏢們則隨行在後。

我們默默地站在後方好一會兒，只是欣賞著周圍環境。巨大的彩繪唐卡已在黑暗中淹沒，寺裡裝飾用的那些複雜色彩與圖案也看不清楚了。我們的目光被唯一的光源，及其所照亮的宏偉佛像所吸引，那是釋迦牟尼佛的金色面孔與藍色雙眼。

**「既然妳已經知道了這條道路的四個面向，」尊者在我耳邊低語。「棄絕、菩提心、空性和連結上師。那妳能看見每一尊佛像都有在視覺上提醒著我們這四件事嗎？」**

我在達賴喇嘛的懷抱中，凝視著佛陀，很想弄明白尊者的意思，卻無能為力。我仍然看不見什麼四件事的。除非能算上佛陀的四肢，但我不覺得達賴喇嘛是這個意思。他說的好像是難解的密語。

長時間讓人抱在懷裡，我感到不舒服。無需我多說什麼，尊者即已將我放下；接著，我走到最靠近的東西——椅子旁邊。我先用下巴，然後用身體的其餘部分摩擦著椅腳，用椅腳為象徵來表達我的愛意。我這樣做的時候，我的尾巴直直向上抖動起來，這是我們貓族在感到特別幸福時會做的事。達賴喇嘛看見我的電動尾巴顫抖器，呵呵呵笑了起來。

其他站在我們身後的人也看著我。「真是好奇特的貓啊，」其中一名保鏢說道。

「嗯，這真是一種『同義反複』的說法，」奧力佛打趣道。

「同義反複？」尊者問道。

「就是用不同的詞重複說明同樣的事情，比如說『奇特』和『貓』就是這樣。普天之下的貓都很奇特，不是嗎？」達賴喇嘛認真地打量著我好一會兒，然後點點頭說：「是啊，不可預測。還有一點點神祕。」他伸出手來撫摸我，又補充道，「這就是我們都愛貓的原因。」

# 第八章　沒有一件是意外

「您是說我們應該把上師想像成是『佛』嗎？」

紗若問道。瑜伽師塔欽點點頭。

親愛的讀者，許多古老諺語都含有真理之要義，您不覺得嗎？智慧——也不見得是很深刻或很微妙的那種智慧，有一種智慧是把某個觀念用一句短短的話總結起來。這就是為什麼我常常反覆思量那句最有貓味的諺語：「好奇心殺死貓」。

是真的嗎？究竟是哪隻貓？為什麼會這樣？您是否曾有過這樣的經歷：有一隻您認識的貓科動物只因過度好奇的天性而踏上死路？

我當然沒有過這種經歷。我們貓族或許是好奇一族，或是愛冒險一族，但那些風險通常都是精心計算過的，也是我們的柔軟身軀、運動造詣、心智感應力都能應付得來的。

我必須承認，我是有過幾次死裡逃生的經驗。有兩三次的事件，情況是很有可能真的變得無法收拾沒錯。

其中有一次就發生在我最後去找希爾達之後的幾天。那一天才過中午，我正要走下山去「喜馬拉雅．書．咖啡」，卻發現那裡的洗衣房大門是半開的。噢，喜悅中的極喜！噢，奇蹟中的奇蹟！我都來咖啡館這麼些年了，卻從未發現過會有這樣的失誤。領班庫沙里和他的同事總是一絲不苟，那扇門總是關得密不透風。需要打開這扇門的時間點，就只有要把用過的桌布、餐巾或其它此類物品丟進洗滌籃，或要拿出這些籃子出去洗的時候。

我說的「洗衣房」，那只是複述工作人員所用的詞語而已。如果您真去了那家咖啡館好好調查，您可能會認為那是個「櫃子」呀。然而，無論您選擇怎麼稱呼它，反正，通常總關閉的門在那天下午是打開的。

就像安養院的露台大門是我進入新次元的體驗入口一樣，這洗衣房也會是如此嗎？它裡面是否有個兔子洞，可讓我去探索更具有異國風情的不同實相呢？

與安養院的情況不同的點在於，這洗衣房的門是不小心打開的，而且只有一點點門縫。但足以讓一隻毛茸茸的小爪子伸到門後面去撬得更開些，以便創造出足夠空間，好讓蓬鬆鬆的身子可以從咖啡館的拼花地板踏到裡面裸露的水泥地上。只需輕輕一躍，便可跳進一個滿是桌布的籃子，還會因我自己的重量而讓我愉快地下沉，簡直就是完美的床舖呵。桌布的面料非常柔軟，像放鬆用的墊子，我只是在上頭揉揉捏捏，就已經昏昏欲睡。是因為它柔軟，還是因為那天的飯菜滲進了布料而散發出淡淡飯菜香，進而讓我覺得「我那個愛睏」好好吃喔？

然後有個服務生把一塊桌布投進洗衣房，這塊布就像圓錐形帳篷似地落在我身上，完美無缺。才幾分鐘，我就睡熟了。

親愛的讀者，您或許可以預測到，我躺進籃子之後，事情會有何演變吧。我是有感覺到一些動靜沒錯，卻也沒覺得很困擾。後來我感到頭頂上的桌布怎的越來越重，這時才從沉睡中被弄醒，但也沒覺得這樣太困擾。

直到突如其來的一擊之後，我全身都受到擠壓，這才猛然清醒過來。接下來，卻發現自己已經動彈不得！全身都被壓制住了。身體陷在一層又一層的桌布之下，餐巾布之間的縫隙是我還能夠呼吸的唯一原因。

突然傳來了撞擊聲。這聲音我聽過，但我當時的狀態昏沉又困惑，所以想不起來是什麼聲音。接著是引擎啟動的聲音，一陣顛簸後，振動持續著。

然後我想到自己是身在何處了。「喜馬拉雅．書．咖啡」每天下午都會執行這項儀式。裝桌布餐巾的籃子會從洗衣房中取出，並放到汽車後面，另外一個裝髒圍裙和廚房毛巾的籃子會疊放在洗衣籃上面。這兩個大籃子會被送到乾洗店去，據我所知，這裡面的東西會被扔進一個發熱的大圓筒，那裡面常發出強效化學物質的氣味，還會來回轉動，直到東西都洗乾淨為止。

我喵了一聲。這裡頭空間狹窄，我的肺無法吸滿空氣，所以也發不出太大的聲音。此外，我還得跟汽車的引擎聲競賽。但我還是努力讓人知道我就在洗衣籃裡面。

我不知道開車的人是誰，因為那是工作人員輪流做的工作。有幾天是法郎；有幾天是瑟琳娜。庫沙里有駕照，山姆也有，山姆偶爾也得幫忙跑一趟乾洗店。

我能感覺到汽車在拐彎處、陡坡上前進。每一回下坡時，我都要承受很大的壓力，氣都喘不過來了。我也失去了時間概念。

每當有點力氣，我就會發出一聲哀嚎，希望能超越引擎轟隆隆聲、車流人流聲，還加上汽車收音機這些聲音而被聽見。

車子開著開著，我心裡頭越來越亂。突然間，車子微微搖晃後停了下來，我聽見有男人在講話。片刻之後，傳來了打開車門的聲音，接著又是一陣搖晃。

我又喵了一下，而且是盡我所能地放聲大喵、特喵；我知道我發出的任何聲音都會被層層桌布和這一大籃子的手巾所掩蓋。一陣劇烈晃動之後，我的壓力驟然減輕。然後有個籃子歪到了一邊。

我很哀怨再大喵一聲。我看得出來有人把這籃子提起來走路，我能感覺到提起籃子的人一步又一步地向前移動。這時，說話的聲音更多了，但我聽不出來是誰。腳步停下來後，籃子也被放下來。我聲嘶力竭地喵喵叫時，感覺得到有人正從我的上方和周圍移走桌布和餐巾。

忽然間，我可以往上看了。「仁波切！」紗若是我看到的第一張臉。「啊，我可憐的小寶貝！我就覺得好像有聽到什麼喵聲呢。」

我注意到山姆也在——他一定是開車那個人。有兩個乾洗店的人也站在一旁，顯然正要拿走籃子和那裡面裝的東西。

紗若迅速將我從籃子裡抱起來。「妳沒事吧？」她輕柔問道。

我也希望沒事！她把我像一件易碎精品般放到地面時，我感覺自己先是搖搖晃晃，慢慢才能站起身來，終於擺脫了一大籃子髒布巾的壓迫，呼吸到第一口空氣了。我不是步伐最穩健的貓，也不再青春年少了，所以得花些時間才能直起身子，調好呼吸。

過了一會兒，我試著邁出一步。在邁出第二步之前，還是晃得厲害。「看起來她沒事了，」山姆說道。「如果妳同意的話，我就帶她回咖啡館囉？」

蹲在我身邊的紗若抬起頭。「但對你來說，方向又不順，不是嗎？」

山姆看了看手錶，聳了聳肩。「那兒不算太遠。」

我看到紗若表情關切，便可憐兮兮地喵了一聲。紗若考慮到山姆還有其它地方要跑，又考慮我的困境，她很快便做出了決定。

「何不就按計劃讓我下車？我就帶著仁波切。」

「妳和她在一起沒問題嗎？」

「當然沒問題啊，」紗若說。「瑟琳娜大概再一小時就來接我了。時間不會太久，我們會看著她的。」

「我們？」我心裡納悶著。會是誰啊？但是也沒有時間去猜了，紗若做好了決定就把我抱起來，帶回車上去了。這次我坐在她腿上，她坐在副駕駛座上，山姆則在我們旁邊發動了引擎。

我們一到那個地方，我就知道這裡我以前來過。只來過一次，和瑟琳娜一起來的。卡特萊特家的房子是一棟佔地很廣的舊別墅，離尊勝寺並不遠，幾個花園都照顧得很漂亮，拋光過的舊式木地板上鋪有編織精美的印度地毯。紗若在打開的原木大門上敲了敲。

稍後，桃樂絲・卡特萊特（Dorothy Cartright）出現在走廊另一端，她外貌出眾，泰然自若。她也是春喜太太與席德的老朋友，是看著紗若長大的。

「妳帶著達賴喇嘛的貓啊？」她邊說，邊示意紗若進屋。

「說來話長，」紗若回答。「我們剛在乾洗店搬下幾個大籃子，她竟藏在裡面。如果不是聽到喵喵叫，她最後可能會被送去乾洗哩。」

「哦，好恐怖喔！」桃樂絲把手舉到喉嚨上。「讓我抱她進去可以嗎？」

「其實啊，」桃樂絲領著我們走了一段路，「我覺得瑜伽師・塔欽對她挺有好感的。」

不久，我便跟著紗若走進他房間。卡特萊特多年來贊助瑜伽師塔欽閉關，每次他結束閉關回到達蘭薩拉後，就會來住他們家。他的房間位在這別墅後方，與主屋分得很開；有人來通知紗若可以進去時，她所轉動的黃銅把手，到她走進去後那有如寺廟般的寬廣空間，都與我記憶中一模一樣。

這裡面僅有三扇狹長型的窗戶採光，窗外的午後斜陽閃著淬鍊金色，感覺上，房裡的光線也浸潤著奶與蜜的奉獻能量。門的對面有一張沙發床，仁波切在大床上盤腿坐著。他身穿深紅色立領上衣，留著山羊鬍子，看不出年紀的表情很平靜，一看就是上師的原型。

紗若有點難為情地在他面前的地毯上跪拜三次，然後才看向他的眼睛。他點頭答禮，然後抬起雙臂，臉上露出笑容。她趕緊上前，與他溫暖地擁抱。過了一會兒，他們才分開來。仁波切指了指他面前地毯上一個看起來很舒服的大墊子，紗若坐了下來，整理思緒。

她思考的時候，瑜伽師塔欽看著我正悄悄地從門口走向紗若，他眼中閃爍光芒。「我親愛的紗若，」他說。「妳還帶了誰來呢。」她邊點頭，邊伸手要來撫摸我的脖子，把我引向她懷裡。「剛剛出了點意外。我還以為她留在咖啡館，但其實沒有。」

他點頭的神情似乎在暗示說這些事件沒有一件是意外。「表面上是意外，卻常帶來最為有意思的結果；尊者貓啊，不是這樣嗎？」他以寬宏的笑容定睛凝望著我。

我想起了讓尊者座車在新德里停下來的那件「意外」，在那一刻恰恰好就遇見那兩個街頭小乞丐——他們忙和了一整天要把我賣掉，而我那時只是隻病弱幼貓。最後因為賣不掉，就用報紙把我包起來，打算把我當垃圾扔掉。還有山姆．戈德伯格（Sam Goldberg）——這位知識淵博的年輕書商，也曾被公司認為是多餘的人而有很深的沮喪感——卻「意外」來到了那個曾經名為「法郎咖啡館」的地方，而當時的法郎又正巧決定要進軍書籍銷售這一行業。

今天下午的意外，則是讓我、紗若、瑜伽師塔欽聚在一起。

我們靜默同坐，因為有像瑜伽師塔欽這樣的喇嘛在場，當下即是可喜可愛之所。有一位大師把你從躁動或沉悶中輕柔地拉出來，進入原初意識的無邊光明之中，還會有什麼其它需求呢？

與他們同坐時，我有一種強烈的似曾相識感，曾經在很類似的情況下跟著瑟琳娜來到這同一個空間，也是來見仁波切的。那時和現在一樣，瑜伽師塔欽才剛剛結束三年閉關，來卡特萊特家住。瑟琳娜則是剛剛從歐洲回到達蘭薩拉來，她對冥想的價值有各種各樣的疑問；心和腦之間是否存在差異；普通人是否能有千里眼的能力。其中有個問題特別困擾著她：會有一名男性出現在她生命中嗎？尤其是如果她搬回印度常住的話？

瑜伽師塔欽給了她希望。但她大惑不解的是，他還暗示說她可能已經見過未來的丈夫了。而當時的瑟琳娜卻完全沒有意識到，瑜伽課上最後一排那個高大、安靜的男子其實就是她的靈魂伴侶。

這天輪到紗若提問。「有很多事情我都想知道，」她看著仁波切的眼睛開始說道。「每次和爸爸還有瑟琳娜在一起時，他們都希望我安靜一點，好像我是小孩子。」

「對，對，」他點點頭。「他們是希望妳有尊重的態度，這是對的。但妳現在這個年紀正是要開始為自己的心意負責了。」

紗若靜靜地理解這些話，然後有點焦急地說：「前幾天晚上去上瑜伽課，他們就在講當學生的事，還講說有老師指導有多重要。」

「是所有證悟的基礎，」仁波切緩慢莊重地說道，他的聲音把房間裡的能量提升到一個更加細緻的層次。

紗若點點頭。「這正是他們所說的。我的意思是，我把您想成是……可以嗎，就是說，我可以……」她尷尬地看著地板。然後，她深吸一口氣，挺起肩膀，看著仁波切說：「我想問的是，我恭敬地請問您——您願意做我的老師嗎？」

在沙發床上的瑜伽師塔欽傾身向前，他伸出雙手，將她的手握在自己的手裡，又緊握了幾下。「我一直把妳當作是我特別心愛的學生，」他笑著說，然後輕輕地放開了手。

紗若微笑著。「好的！所以我已經是您的學生了。我以前不知道該不該先問一下。」

仁波切的表情是能諒解她的。「老師在妳心目中的地位是妳來決定的，不是老師決定的。人們說的話有時候可能只是噪音，」他聳了聳肩。「沒有意義的聲音。更重要的是，我們對這裡的上師有何感覺，」他摸了摸心臟位置，「是否真誠努力地體現教義？」

紗若在她的墊子上扭動一下。「他們還用了『上師瑜伽』這個詞。但這個跟瑜伽沒有關係吧，對不對？伸展和體位法等等那些？」

瑜伽師塔欽笑了起來。「不是運動類的瑜伽，不是喔。瑜伽的意思是『連結』。『加入』。」他雙手十指交握。「這是一個梵文字 yoga——英文單字 yoke 就是從 yoga 而來的。瑜伽運動讓我們把身心連結在一起。而上師瑜伽則讓我們把自己的心與上師的心連結在一起，重要的是，我們認為上師的心與佛陀的心是一樣的。這個方法可以幫助我們從一顆受業力與妄想折磨的凡人心，進化成為佛的意識心，亦即能有福氣，又很超然地超越生死。」

「您說，把自己的心和老師的心連結起來，但那是我們在想像而已，對吧？」

「從妳的角度，」仁波切點點頭：「是這樣沒錯。從老師的角度，從佛的角度，是有強大積極的各種存有或能量，他們都願意幫助你。可是如果你不開放，他們也幫不了。你不希望有這種幫助的話，他們是幫不了的。」

紗若因全神貫注，額頭都擠出了皺紋。「嗯，我想討論一下……」她想詢問，卻又停頓下來。

「想討論很好啊。」瑜伽師塔欽鼓勵她。「討論有助於澄清事實，理解更深。」

「好。我只是想討論一下，您怎能只靠想像就讓事情發生？我的意思是，只因為我想像發生了某件事情——比如，不知道啦，比如，今天回家的路上巧遇某個知名流行歌手——只因為我這樣想像，事實上並不會發生這種事情啊。」

仁波切搖搖頭，然後說：「妳說得對——暫時是那樣沒錯。但瑜伽是一個歷程。長期的歷程，不是去上一堂瑜伽課就能擁有一副柔軟靈活的身子，妳必須持續練習。你也不會因為做了幾分鐘白日夢，就能巧遇知名流行歌手。

「但是，舉例來說，如果妳開始在網路上追蹤那個流行歌手，那會發生什麼事？

妳參加他每場演唱會，瞭解他的一切，妳的生活樣貌都繞著他轉，而且總是想辦法要與他連結，要接近他。年復一年都一直這樣做，一心一意要與他見面。那麼，妳認為總有一天，妳可能有機會見到這位流行歌手嗎？或許是以他的印度歌友會負責人的身分見到他？或許是在他所贊助的慈善活動見到他？」

紗若一直專注聆聽仁波切所說的話。「我覺得會吔，」她點點頭。

**教義被當作是獲得金錢、地位和愛情的方式在販售。這些東西本身並沒有錯，但不是幸福的真正原因，過了這輩子之後，也不會有什麼價值了**

「所有事情都是從『意圖』開始的，」他告訴她說：「決定了我們想要某樣東西，然後把所需要的準備工作帶進來，連結我們身、語和意種種行為，直到達成目標為止。巨星瑜伽！」

紗若咧嘴一笑。「只為見流行歌手，付出那麼多努力沒什麼意思啦，」她說。

「沒錯！近來有很多關於『吸引力法則』的信息。就是說妳可以先決定一個目標，把這目標很詳細地加以視覺化，一再重複肯定這個目標，並將目標放在你所有行動的中心，直到它顯現出來。」

「這樣做就有效果嗎？」紗若問道。

「如果持續去做的話會有效，」仁波切說。「但是，沒有快速的解決辦法，也沒有即時的解決方案。現在的問題是，這些教義常被用來達成沒有價值的目的。由於誤用了，這些教義的價值也就減損了。教義被當作是獲得金錢、地位和愛情的方式在販售。這些東西本身並沒有錯，但不是幸福的真正原因，過了這輩子之後，也不會有什麼價值了。

「這些方法最好是運用在我們的佛法練習當中，這些方法便可進一步發展。我們以『棄絕』開始這趟旅程，承認我們的快樂、福祉是取決於我們的『心』，而不是環境。我們決定要遠離不快樂的真正原因，亦即我們對憤怒的執著，並轉而培養更為有益的心理狀態。我們皈依於佛、法、僧，對嗎？」

紗若點點頭。

「然後我們修『菩提心』。我們試著心懷『為利益眾生而開悟』這樣的願望，我們試著在所有行動當中體現這一點。但首先，『成佛』只是我們對自己的一種想法，一種想像的行為。我們不是佛，我們只是調皮的人，」仁波切笑起來的時候，臉皮皺

**了，眼睛閉上了，他的笑聲很有感染力，紗若也笑了起來。午後琥珀色的光線中有微塵飛舞。**

「但我們必須從某個地方開始，」過了一會兒，他繼續說道。「從哪裡開始並沒有關係，妳最後在哪裡結束才是重點。『菩提心』始於一種想像的行為，『空性智慧』也是如此。對於事物的本來面目，我們可以進行分析，那是最有用的。但到了某個時候，我們需要思考『萬物並無真實自性』是什麼意思。運用我們的想像力去設想，如果『實相』並不是獨立存在的話，那『實相」可能是什麼樣子的。我們的『心』在沒有想法的情況下，會是什麼樣子的。首先，我們有這個想像出來的、概念性的想法。接著，我們便可以體驗到『非概念性』的部分。」

他看著紗若的眼睛，告訴她：「這條道路的一路上，我們運用意念和想像力。上師瑜伽也一樣。」

「您是說我們應該把上師想像成是『佛』嗎？」紗若問道。瑜伽師塔欽點點頭。

「我聽過旺波格西的課，但是他好像從來沒這樣講過。為什麼他不講這個呢？」

仁波切的臉上浮現出一絲苦笑。「因為這是一個非常……不方便教的課題。旺波格西的課上有不少西方人吧？」紗若點點頭。

「特別是對西方人來說，這個觀念有時會讓他們緊張起來，覺得佛教好像某種邪教。是『自我』產生出來的東西，想像一下如果有位喇嘛說：『你最好把我當成佛』。那，有的學生會說：『他不可能是佛啊，你看過他吃飯的樣子嗎？』也有人會說：『這和尚好狂妄！竟敢宣稱自己開悟？』等等。

「這就是許多喇嘛都告訴學生自己去讀這個課題的書籍，希望他們能自己想通。自己做『連連看』遊戲。那是因為，把妳的上師看作是佛，這樣做並不是為了上師。妳對他的看法關乎妳的心、妳的態度。妳越能當他是佛，這對你自己的內在成長就越好。如果你聽聞了教義，可是卻覺得這喇嘛是個普通人，那麼妳得到的就會是普通的加持。如果妳認為這喇嘛是佛，那妳就會得到佛的加持。」

紗若坐在他面前的地毯上，她沉思半晌後，伸手過來撫摸坐在她身旁的我，我把四爪收攏在身下，抬頭看著仁波切。

「如果教法都是一樣的，從普通喇嘛跟從佛陀那裡所聽到的不都會有同樣的好處嗎？」

仁波切揚起眉毛，點了點頭。「紗若，妳的辯論技巧不錯，」他祝賀她。「來回答一下這個問題。如果妳父親要告訴妳某件事，或許那正好是妳不想聽的事，妳會怎麼回答？」

紗若聳聳肩。

「我覺得我知道。」仁波切眼睛亮了起來，然後他意外地裝出一副有說服力的模樣。「隨便啦？」他用的倔強的聲音模仿她。紗若不自覺地咯咯笑了起來。

「是不是會說類似這樣的話？」他身子往後靠。她點點頭。

「好。如果妳去見達賴喇嘛尊者，他也告訴妳完全一樣的事，那怎麼辦？妳會說『隨便』嗎？」他又模仿了一次。

「當然不會啊！」她抗議道。

房內的光線逐漸柔和下來，不再那麼刺眼，瑜伽師塔欽讓紗若自己研究一下，她剛剛所說的不同回應中，那裡面有何含義。她發現到話語的力量並不是來自話語本身，而是來自說話的人。而且，是誰說了這些話，喇嘛或佛陀，至少有部分是由我們來決定的。

然後紗若問他：「你說的『加持』，那是什麼意思？」

**「加持是改變的能力，」他簡單地解釋道。「我們得到加持後，就會有靈感、能量，以及用某種方式轉化實相體驗的意願，從普通提升到超然。」**

「那意思是在睡覺做夢時，可以去到任何你想去地方嗎？還是說可以念咒治病，或是千里眼？」

仁波切笑著說：「妳說的是很高深的練習。佛法有經典，即核心教義。只有對教義非常熟悉，並將教義融入生活後，才能接受上師灌頂，修習最高階的瑜伽密續（tantra）。」

我翻身俯臥，顫抖著伸展了一下我的四爪，打了個大大的哈欠。紗若撫著我的肚子，十根手指甲穿透我厚厚的毛大衣，沿著我的身體滑過去，令我陶醉在這樣的觸感中。然後，我蜷縮在她身邊，頭頂朝下，擺出可頌麵包體位法。

雖然我的動作是自發性的，但也反映出了當時氣氛的變化。具體來說，是紗若想要向瑜伽師塔欽詢問一些更為私人的問題。

「過去這幾年，」她試探性地開口說道。「我一直想問一些關於我媽媽的事。我爸已經開展了他人生的新階段，而且我也愛瑟琳娜。她很棒！儘管如此，我還是會一直想到媽媽，還有發生在她身上的事情。那也是為什麼您上次來我家吃飯時，我會問您關於她的事。」

仁波切點點頭。

「您上次說，投生為人不見得能擁有富貴。」

「對。」

「我一直在想，這意思是說她也可能投生為窮人，對吧？」

仁波切穩定地看著她認真的表情。「佛陀自己舉過一個例子，說明投生為人有多麼難得，」他告訴她。

「我們大多數時候都覺得自己很普通。這很正常，但這是錯誤的。光只是投生為人就已經很卓越了。佛陀的例子是有一隻瞎眼瘸腿的烏龜，他每隔一百年就會浮出海面，而它的脖子會正好穿過漂浮在海面上的金環。那個金環就象徵著有閒有錢的人生——就像我們所享受的人生那樣。

「我們可以看看這世界，便知道這裡有七十億人口，還有以萬億計的鳥類、動物和魚類。生而為人的機率其實非常小。可悲的是，大多數人並不明白這意味著什麼。他們不明白我們有絕佳的機會可以開展我們的心，擺脫生、老、死和重新投生的不斷循環。也不明白如果我們不充分利用，那麼，這個寶貴機會有可能需要很長一段時間才會再次到來。」

「仁波切，投生為人的原因是什麼？」

「功德。」

「所以如果您是有功德之人，下輩子回來做人是……？」

「是較有可能的，」他點點頭。然後面露深切的憐憫神情看著她。「在我們死亡那一刻成熟的業力也會產生很大的影響。」

「這就是為什麼死時最好有一顆平靜的心。」他點了點頭。

「不像媽咪是出車禍死的？」

姍蒂是因為她的車從懸崖邊墜落而死。

「在那種時刻，我們對時間的體驗會大不相同。與平時相比，那一刻可能會很誇張地延長。因此，即使是車禍——我們都無法斷定人在那一刻的經歷會是什麼。我們不應該急於下結論。」

「我聽說有不同種類的業力會影響到投生，」紗若說。「您能告訴我這些情況嗎？」

「有『牽引業力』和『圓滿業力』（throwing karma and finishing karma），」瑜伽師塔欽說。「牽引業力推動我們進入某種『轉生類型』——比如說，人或鳥。圓滿業力則是我們作為人或鳥的那種生活，圓滿業力極好的人會出生在富裕的修行者家

**庭。圓滿業力很差的話，最終可能會成為在戰區過著赤貧生活的人，只能想著怎麼活下去、下一餐在哪裡。」**

「所以，如果媽咪沒有轉世為人的牽引業力，」紗若想要弄清楚這個問題。「她可能有轉生為某種動物的牽引業力。或許她的圓滿業力很好，像寵物那樣？」

「有很好的主人飼養的寵物，他們的業力的確很好，」仁波切同意道。他們不必太擔心安全或食物問題，他們可以給予並接受情感。如果他們經常聽咒語，看吉祥符號和佛像，就會影響他們的業報。也有可能只是要抵消一些惡業才能夠繼續走上開悟的道路。」

「我聽說我媽咪虔誠信奉達賴喇嘛。」

「我從未見過她，」瑜伽師塔欽說。「但這件事我也聽說過。」

「當然，她對爸爸很忠貞。」

仁波切在沙發床上傾身向前，定睛看著她，奇怪的是，他面部表情有些出力。「對妳也是這樣的，」他說這話時，語氣中既要人注意他剛剛所說，又好像這句話就是他對這個話題最後的發言了。那一刻，這句話似乎指明了，這個結論說得這麼明白，紗若不能逃避了。

我也不能逃避！我異常敏捷地舒展身體，坐起來，看看仁波切，再看看紗若，先與他四目交接，再與她四目交接。那幾個瞬間簡直就是我這一生中最為不平凡的時刻。

他所揭示出來的答案，很驚人卻又不言而喻，根本毋庸置疑。傍晚時分，雖然日光已經消退，房間裡各個角落逐漸隱入陰影中，但我和紗若一起坐在仁波切足下，就像置身於愛與光、喜悅與超然的漩渦中心點。有一種無法用語言表達的——也不需要語言表達的——「意會」。

紗若傾身向前，用她的額頭抵住我的額頭，然後雙手撫過我身體兩側。她的呼吸有些顫抖，她大口吸氣，我感到她的眼淚滴落在我的大衣上。

「對我來說，妳一直是那麼特別的靈魂。」她說出了和我一樣的想法。「現在我知道為什麼了。」

瑟琳娜來卡特萊特家接我和紗若時，夜幕已低垂。她很快就知道了洗衣籃，以及那天下午我無意中成了偷渡者的故事。她和紗若並沒有直接回家，而是開向尊勝寺，我則坐在前座紗若的膝蓋上。

一到尊勝寺，我們就上樓，丹增立即帶我們去見尊者，那時他和奧力佛正坐在辦公桌前討論翻譯的事。回到我熟悉的環境後，我走向窗台邊，而瑟琳娜則簡單講述了那天下午的劇情。

「今天咖啡館洗衣房的門沒關好，以前從來沒這樣過，」她解釋道。

「我非常感謝妳，紗若，」尊者低下頭來致意。「要不是妳聽到了她在乾洗店裡喵喵叫……」

他們全都看向我，然後瑟琳娜說：「『好奇害死貓』。不正是那句老話說的嗎？」

「那是一句諺語，」奧力佛確認道，「也是近代廣為使用的諺語。但這不是莎士比亞等人所說的諺語原文。」

「多說一點吧？」始終熱愛英國的丹增鼓勵他說。

「這個諺語的原文其實比較像佛教的話，」尊者的翻譯官說。「『煩惱害死貓，但滿足了就沒事』。『煩惱』就是擔心焦慮的意思。」

「是在教人要培養知足的心，」達賴喇嘛說道。

「沒錯，」奧力佛點點頭。

「嗯，我希望尊者貓有滿足感，」瑟琳娜說。

「哦，我確定她很滿足了，」紗若強調說。「她和她的上師住在一起。」

尊者溫柔地對她微笑，然後看著我。在那一刻我便知道他看出了那天下午的默示。

「我們一直把上師放在心上時，」他回頭看著紗若，確認道：「永遠會有平安。」

「即使在洗衣籃裡睡著了也會有嗎？」奧力佛問道。大家都哈哈大笑。

他們走後，奧力佛收拾好各種文件也離開了，達賴喇嘛從辦公桌前走到窗台附近的扶手椅。他在那裡坐下來，在漸深的暮色中只有他與我一起休息片刻。

我在想，尊者獨自一人又沉默無言時，我有多長時間與這樣的尊者同在。還有，我們以這種方式共度的時光裡，我卻從未一次有過停滯感，匱乏感，無所事事的感覺。

相反的，我一直都知道，他用五小時的冥想開啟了每一天，也從停滯當中推動他在全世界的工作。他的行為好像是自發性的、毫不費力，持續不斷地穿透無數眾生的內心與思想。但這一切全都是從此處出發，這裡。從這寧靜的存有，這孕育著所有可能性的土壤。

我感知到有一種「意會」是永無止境的；我們有太多人仍然要依賴他。我們不是佛，我們是有各種需要的人。

我分享這份寂靜時，我是依據那天下午所收到的默示，帶著一份歸屬感在這樣做的。那是由衷的肯定，知道自己的來處，也知道身處於對的地方了，知道自己的目的與方向。最重要的是，也知道自己與共同經歷幾生幾世的這一小群旅伴有深刻的連結。是如此愉悅而充分的滿足感，讓我不由自主地咕嚕嚕起來。

過了一會兒，達賴喇嘛抬起頭來，看向在窗台上面對著他端坐的我。

「據說，過去某個時候，我們每個人都曾是其他眾生的母親，」他心懷慈愛凝視著我，率直大度。「小雪獅啊，想像一下，我們是否能感受得到那份連結，彷佛那份連結確實存在？」

## 結語

尊者説話時，我恰巧又直視著釋迦牟尼佛的壁掛，還在找那四個不同的面向。到底在哪裡啊？

您是否曾覺得，生命只不過是依循著慣性在好幾個長長的時間段中滑行，期間也沒什麼特別重要的事情發生。不過，也會有那一時之間，忽然就毫無預警引爆一連串動作，改變遊戲規則的事件就全都發生了，而您的世界好像就依著那旋轉軸也跟著變了樣？

親愛的讀者，在我看來就是那樣。那種感覺很像是，在某個特別的日子裡，我去了「喜馬拉雅·書·咖啡」館用午膳那樣。身著全新制服的領班庫沙里，看上去特別幹練，為我呈上幾口最美味的午餐——奶油煎脆皮比目魚，我津津有味地吃下肚。接著，我爬到雜誌架頂層，梳洗頭臉，然後躺下來睡個午覺。

到目前為止，一切正常——只不過是「尊者貓」又一天精緻考究的存在。

不過，是我的貓族第六感？抑或是單純巧合？能讓我從沉睡中驚醒，而且一睜眼，這四名身著深色西裝戴墨鏡的男子就剛剛好來到大門口？有西裝革履的男子出現，這事本身並不稀奇。稀奇的是這些人帶有某種神祕而鄭重的氣息，他們一路走向咖啡館後方時，處處謹小慎微。

不一會兒，庫沙里與他們商議著，一絲不茍地注意聽他們說話。然後，他向對面的法郎點點頭，法郎立即走過來招呼他們。法郎走過去時，我注意到他眼中閃過興奮的神色。我覺得他好像一直在期待著這些人到來似的。

才說沒兩句，庫沙里和法郎便把這些人帶到……不是餐桌喔，是每一個地方。有一位走進了廚房。還有一位走上樓梯，在瑟琳娜的辦公室裡查探。第三位在書店區的書架邊徘徊，而第四位則在餐廳四處偷偷窺探，這邊看看，那邊看看，天知道他要找什麼。

就在這時，瑟琳娜趕到前門，要及時接下咖啡館的管理工作。她注意到有個穿西裝的陌生人在餐廳窗簾後方檢查，然後又發現另一個人彎著腰在書架後方，所以一見法郎，她便揚起雙眉，「怎麼回事啊？」她偏著頭問，頭指的方向是她身後的男子。

「是『特別護衛組』的人。」他見她表情沒變化，才又繼續說：「他們是負責保護政府部長級人物的保鑣。那一類的事。」

「可是為什麼來這兒呢？」她舉起雙手。

「要安全檢查。看來，我們這兒有某位貴賓要大駕光臨了。」

瑟琳娜環視了一下餐廳。此刻是午後休息時間，所以客人並不多。「有多少人會來？他們有預約嗎？」她問。

法郎把將一隻手放到臉旁邊。「我覺得這事與妳有關耶，」他告訴她。然後他聳了聳肩：「我不知道有多少人會來，他們提到有個什麼社區獎的事。」

「哦，那個啊！」她拉長了臉，然後停了一會兒。「那是好幾個星期前的事情了。我告訴他們不管那是什麼，用寄的給我就好了啊。」

「看來有人還是決定要親自送來給妳呢。」

瑟琳娜瞥了一眼自己在經理辦公室玻璃窗裡的倒影，眉頭緊蹙。「他們有說誰會來嗎？什麼時候到？」

「是某位部長，」法郎也說不清楚。「一個小時後吧。」她搖著頭。「我的衣著打扮根本一點都……不正式。而且距離我上班時間，剩不到五分鐘了呀。」

「我哪兒也不去，」法郎很堅決地說。「就像有貴賓從德里來那樣，我不會走開的！妳可以回家換衣服。我會照顧店裡的事。」

瑟琳娜端詳著他。「你真的不介意喔，」她說。

「去吧。」他指向門口。「等妳回來喔，我們都支持妳。」

瑟琳娜轉過身，迅速朝著大門口走去。庫沙里看著她離去的身影，悄悄地溜到法郎身邊。

「現在開始佈置嗎？」他問道，果然有庫沙里在就萬無一失了。

「是的，拜託你了，」法郎確認道，並從口袋裡掏出手機。「我來發信給群組。」

不一會兒，咖啡館裡每一位服務生——包括當班的，還有被找來的——全都在幫忙重新佈置整個餐廳。他們把餐桌都搬到一邊，騰出一大片空間。他們架好了一個舞台，這是存放在餐廳後方好幾週的大木板所組成的，上頭有牢固的硬木鑲板。他們在講台後面、牆壁周圍以及咖啡館外面的遮陽篷上掛滿了彩旗。

山姆來設置麥克風和喇叭。安琪拉在許多黑板架上用大幅照片做裝飾，照片裡是一群又一群在電腦前學習的印度青少年；有的手上拿著畢業證書，還有在得到第一份工作後，在公司外面笑容燦爛的臉龐。這些照片原本都是瑟琳娜放在樓上辦公室的電腦螢幕的，是她用來勉勵自己的。這是第一次公開展示出這些點點滴滴。

不久，布蘭妮第一個到場。此時，餐廳已經全部佈置好，可以迎接貴賓光臨了，庫沙里以他一貫輕鬆調度的氣場指揮了一些收尾工作。

山姆跑出來見布蘭妮，這時艾文．克里普斯賓爾到了，他踏著他個人標記的網球鞋走向他們兩位。

「為了今晚的盛會，這裡佈置得好棒啊，」艾文欽佩地環顧四周。

「今晚你會為我們彈琴嗎？」布蘭妮指向角落裡的立式鋼琴，艾文有時會表演琴藝。

「如果有人請我彈——那是當然的囉，」他雙手一拍互握，誇張響亮地折起指關節來。「但是先告訴我一下你們的情況好了。你們還住在地獄那幾層嗎？樓下還是那個愛燻魚又易怒的老太太嗎？」

布蘭妮搖搖頭。

「還是同一棟公寓，」山姆回答。「但情況的發展，可說是奇怪極了啊。」

「真的啊？」艾文看起來很感興趣。

「原來整件事的起因只是威廉斯太太廚房門上的鎖。鎖的位置太高，她搆不著。她每次做燻魚時，因為沒有通風，所以燻出來的煙霧才會直通我們家。」

「然後她有打開門的時候，一周大概兩三天吧，」布蘭妮接著說：「她就會叫她兒子巴里回來關門。那他就會順便來吃晚飯，然後他們就會喝太多，不知不覺，就會開始那樣……」布蘭妮搖搖頭。

「所以，你們就叫她換鎖？」艾文問道。

「那是不可能的事，」山姆很肯定地說道。「可是我們打電話給房仲說我們會付換鎖的費用後，第二天鎖匠就來了。」

「這樣就解決了？」艾文笑了。

「還有走廊那些雜物，」布蘭妮說。「我們正在清，一次清一點。」

「加上她兒子回英國之前得最後一次攤牌。」

山姆翻了個白眼。

艾文輪流看著山姆和布蘭妮。「但這樣的轉變很驚人耶。」

「要不是山姆在她摔跤住院後，代為送花去醫院給她，事情不會是現在這樣的，」布蘭妮感激地摟住他。

「要不是旺波格西給我們建議的話，」山姆很快指出：「事情不會是現在這樣的。」

「他叫你把花送過去給她？」

「他倒不是直接叫我這樣做，」山姆回答。

「他說的是，」布蘭妮說，「努力成為菩薩並不是叫你變成一張門口地墊。除了慈悲心，我們也需要智慧和力量。在原來那種情況下，我們沒有什麼力量。但是她摔倒後，有朋友送鮮花給她，而我們聽說她住院了。這時，我們就有力量了，可以用這力量做點事。」

「我們也嘗試把她看作是我們的『珍寶』，」山姆告訴他。

「喔，對。旺波格西提過的『珍寶』，」艾文笑道。「我自己也有一些哩！」

越來越多人來到咖啡館，也都不尋常地身著正式禮服、西裝外套，甚至還有人打了領帶。客人當中有瑟琳娜從小一起長大的朋友，比如卡特萊特家族；有因為席德，或因為她香料包業務而認識的朋友；還有一群穿著深色褲子、白色襯衫的印度年輕人，他們很快就聚在安琪拉展示出來的照片附近；顯然，他們是因為技能提升計劃而受益的一群人。

身穿白色制服，一塵不染的服務生從廚房門口出現時，手上端著托盤，各式飲料杯錚鏦作響，他們聽從庫沙里指示前進。法郎剛換好了西裝外套和領帶，品味風雅，他站在咖啡館門口，熱情地招呼客人。據我側面瞭解，後來有更多「特別護衛組」的組員與原先那四名身著深色西裝的男子會合，他們駐點在餐廳所有出入口以及餐廳外的各個策略方位，用西裝袖子裡的隱藏式麥克風低聲互通訊息。

康拉德走進門來，我是過了好一會兒才認出他的。不僅僅是因為他穿著時髦，又打了領帶，也因為他的舉止放鬆很多。他一走進咖啡館，先是若無其事環顧四周，看到了安琪拉之後，便走到雜誌架旁，與她還有山姆、布蘭妮、艾文等其他瑜伽學生一起聊天。

換上翠綠色優雅洋裝的安琪拉抱住他，大表欣賞。

「好帥啊！」她眉開眼笑地。

「妳也是啊！」他眨一下眼睛凝視著她。

「純純的愛！」艾文和藹地注視著他倆。

「你一定是破繭而出了，」表達己見從不猶豫的瑪麗莉，朝著他晃了晃手指頭。

「我還以為你是那種性格強硬、不愛講話的人呢，」她用沙啞的嗓音說著。

「不愛講話倒是真的，」他聳了聳肩。大家呵呵笑的時候，他又說：「我以前把自己看得太重了。最近我才明白，」他傾身向前，準備傳達一個非常重要的智慧，「其實根本沒有『自我』這個東西需要你去看重或看輕。」

「『自我』這個大幽靈啊，」山姆也表示肯定。

「『自我』是很多痛苦的緣由啊，」艾文同意道。

有位服務生端著托盤走過來，上頭有好多杯香檳加氣泡水。因為他早就認識瑪麗莉，於是便先將托盤遞向她。「小姐，要喝點什麼嗎？」他問。來到「喜馬拉雅・書・咖啡」也就五分鐘的瑪麗莉竟裝出很焦慮的表情。「我還以為你不過來了哩！」她邊說，邊給自己拿了杯氣泡酒。

賓客不斷湧入，雜誌架頂層正是觀察事件開展的完美位置。雖然有些人是咖啡館常客，但也有許多人並不是。不過，當我瞧見踏進門來的竟然有丹增和奧力佛，我還是嚇了一跳。

陸鐸與達賴喇嘛相識已久，所以丹增、奧力佛與「下犬瑜伽教室」也很熟，於是走過來加入瑜伽學生這一掛。

丹增掃視四周，然後說：「貴客雲集哪！」

「達蘭薩拉的名流們，」艾文用略帶嘲諷的語氣確認道。

「而且不只是人類名流喔，」奧力佛朝我這邊點了點頭，笑著說道。

「他們太厲害了，可以保密這一整件事，瑟琳娜完全不知道哪，」艾文說。

「她不知道喔？」丹增問。

「完全不知道，」他朝著在門口握手的法郎那邊打了個手勢。「半小時前，法郎叫她回家換衣服，她還以為只是政府某官員送證書過來。席德會讓她待在家裡直到這裡一切搞定，法郎和席德為了這件事已經忙了好幾星期了。」

「今晚陸鐸會來嗎？」丹增環顧四周後問道。

艾文聳聳肩。

「他預計本週回來，」蘇琪說。「好像沒有人知道確切時間。」

片刻之後，有個女人拍了拍奧力佛的手臂，要找他聊天。她的臉看起來挺熟的，但因為作了正式打扮，黑髮也吹整得挺高雅，我實在沒法認出她來。她好像有什麼特別想對他說的話，所以帶著他離開瑜伽學生群，走向雜誌架另一邊。

「事情的轉折真的是太不尋常了，」當他們走近時，她告訴奧力佛。

奧力佛在鏡片後的雙眼閃著期待的目光。

「上週我們送走了一位住民，」她臉上的表情意味深長。

「很遺憾。」

「做我們這一行的……」她聳聳肩。「希爾達病了很長時間。可憐的寶貝，最後她得依賴呼吸器。沒什麼生活品質。」

奧力佛點點頭。

「在她生命的最後幾天，能讓她高興起來的幾乎只有我們的新訪客『治療貓』了。」

「是哦？」這話讓奧力佛覺得開心。

「我記得之前曾跟你提過這隻貓對我們住民有多好。然後你告訴我說，聽起來很像是達賴喇嘛的貓。」

奧力佛點點頭。「妳描述得很像是她沒錯。」

「不管怎樣，我還是把治療貓的身分告訴了希爾達和她女兒。她們興奮極了！就好像得到了達賴喇嘛本人的加持那樣，那是老太太去世的前一天。」

奧力佛好像要說些什麼。但是，那位女士——我現在知道是安養院的經理瑪麗安・龐特——舉起手來。「這事還沒完。」

「還沒？」

「希爾達死時身邊沒有人，那時是傍晚時分。她女兒回家去為丈夫做晚飯了，她丈夫已經出海六個星期——他的工作是船長。你知道，通常是這樣的。在所愛之人的情感需求得到滿足之前，很多老人是會堅持下去的，而一旦知道所愛之人可以得到照顧，他們就會悄然離開。」

奧力佛專心聽她說話。

「反正，那天晚上女兒回到安養院，而我們院方也剛巧發現希爾達過世，必須宣布這個令人哀痛的消息了。她想見她母親最後一面，我們就帶她走進房內，那時就看到了這個東西。」這位女士解開右手背著的手提包，拿出一個透明的小密封袋，裡面裝著幾撮奶油色的豐滿貓毛。她把這小袋子交給奧力佛。

「看來我們治療貓做了不少事呢，這是她陪我們住民一起走到最後的證據。」

奧力佛嚴肅地點點頭，說道：「用凱爾特人（Celtic）的語言來說，這叫做『阿南卡拉』（Anam Cara）。」

「阿南卡拉？」瑪麗安跟著唸了一遍。

「翻譯出來的意思是『靈魂朋友』。『靈魂朋友』會扮演『助你安心上路』的角色，幫助一個靈魂穿越很重要的過渡時期。」

「嗯，她在我們住民最後的日子裡給了她歡喜，也很可能幫助了她平靜地經歷死亡。這位女士的女兒非常感激，就讓我拿這毛——完全只是借我拿來——確認一下是否來者真是達賴喇嘛的貓。這對她來說，將會是……」她咬著下唇想壓抑自己的情緒，然後搖著頭說：「非常美妙的。」

「我很確定是她沒錯。但其實不需要我去確認。」奧力佛把袋子還給她。「妳現在轉身過去，就會看到她坐在妳後面。」

「我的媽呀！」瑪麗安轉過頭看見我，叫了一聲。

因為我已經在同一個位置坐了很長一段時間，所以就翻到身體側邊，全身伸展到和架子一樣的寬度，我的前爪就朝著他倆顫抖著，然後用湛藍清澈的神情凝望著她。

「噢，好的，」她感激地說著，伸出手來撫摸我。「毫無疑問，我們的訪客就是她。」

「她愛四處走動，尊者貓，是不是呀？」奧力佛說。

「你叫她什麼？」

「尊者貓。尊者的貓，她是一隻擁有許多名號和頭銜的貓科動物。正如你剛剛要確認的事情那樣，每當這附近發生了特別重要的事情時，尊者貓都是神祕的見證者。」

「無所不知？」瑪麗安問道，同時轉過身來，讓我的藍寶石雙眼好好審視一番。

「差不多囉，」奧力佛笑著說。

彷彿要證明他的觀點的確沒錯，就在這時，座無虛席的咖啡館內有人指向大門口，眾人紛紛轉過身去，看見瑟琳娜、紗若與席德手牽著手現身於街角，正朝「喜馬拉雅．書．咖啡」的入口處走來。瑟琳娜身著珊瑚色禮服，佩戴的珠寶光彩耀人，黑髮垂至腰際，容光煥發。席德身著大君的正式長袍，頭巾則有鑲珠寶的羽毛飾品。紗若身著藍綠色洋裝，臉上的妝容讓她看起來頗為成熟——她的冠狀頭飾閃閃發亮。

瑟琳娜先看到了咖啡館外面遮陽篷上的裝飾彩旗，然後是館內所有穿西裝禮服的人群。她面向席德，假意生氣地搖了搖手。法郎在大門口迎接他們，顯然她在指責這兩人合謀——也確實是如此——但她翻了個白眼，接受現況，隨後便熱情地向大門旁邊的客人問候致意。

在四面八方包圍下，瑟琳娜和席德在入口附近逗留了一會兒，這時「特別護衛組」有一名組員輕輕拍了法郎的肩膀一下，又指了指手錶。法郎便帶著瑟琳娜、席德和紗若很快地來到咖啡館裡面所搭建的臨時講台。

從餐廳裡各處的零星對話片段，我聽得出來沒有人知道誰會來頒獎給瑟琳娜。瑟琳娜、席德、紗若和法郎都站上講台後，室內談話的音量陡降，形成一種引人好奇又期待的氣氛。

突然間，瑟琳娜手指外面，有輛計程車靠邊停了下來。身著白色亞麻西裝的陸鐸從後座走出來，身後緊跟著一位身著翠綠色晚禮服的年輕美女。陸鐸仍是平日裡泰然自若的模樣，單手護著美女的腰部，領著她走到了咖啡館門口。

「歡迎回家！」法郎用講台上的麥克風問候他們。「你們回來得正是時候！」

陸鐸看到服飾華美的瑟琳娜和席德站在講台上，便做出雙手合十的手勢向他們鞠躬致意，他們也在熱烈歡呼聲中向他答禮。陸鐸從大門口穿過人群走到舞台邊後，便轉身面向所有人，並以他獨特的日耳曼口音宣布：「我很期待要跟大家介紹這位年輕美女，海蒂（Heidi）。她是一位很棒的瑜伽老師，也是我的侄女！」

一陣陣掌聲響起，席德、瑟琳娜和紗若都彎下腰來，與這兩位晚到的嘉賓彼此問候，顯然，他們回到達蘭薩拉還不到一個小時。

咖啡館外面開始騷動起來，一眾護衛騎著摩托車轟隆隆地慢速行進，後面還跟著數輛警車，然後有兩輛加長型的黑色高級轎車，引擎蓋上都掛有印度國旗。「特別護衛組」有一群組員把其中的第一輛團團圍住。當這輛車緩緩停下時，他們打開了後座車門，恰恰就對著「喜馬拉雅．書．咖啡」的正門口。看著車隊出現，以及護衛組的舉止，咖啡館內的期待之情節節上升。已經到達的客人們雖然本來就知道會有某個政府官員來頒獎給瑟琳娜，但突然間，各種揣測的心思急劇地紛至沓來。

時間好像過了很久很久，車子後座才出現一點點動靜。全副武裝的護衛人員在那輛車周圍呈扇形散開，不時偵查街道和屋頂，緊急地互打手勢。只有在確認一切狀況解除之後，才從後座出現了兩隻穿涼鞋的腳，接著是穿白色燈籠褲的腿，然後是穿奶油色立領夾克的身子。

從車裡走出來的人，不是別人，正是印度總理本人。

所有人都驚呼出聲——其中尤以瑟琳娜為最——隨後又因為敬畏之情而鴉雀無聲。總理走進咖啡館大門後，將手掌放在胸前向在場所有人士致意，保鏢引領他走上講台時，他不斷向兩側的人群點頭致意。法郎向他介紹瑟琳娜、席德和紗若，然後對著麥克風正式宣布：「各位女士、各位先生，各位今晚嘉賓。我們都很高興，也很歡迎全世界最大的民主國家領導人、我們的印度總理來到『喜馬拉雅．書．咖啡』！」

總理以愉快的笑容回應如雷般的掌聲，然後示意大家安靜下來。「我知道妳不想小題大作，」他這樣說時，看向瑟琳娜，也引來笑聲。「所以，我保證不會待太久。而且，我是因為剛好要去拜訪全印度最尊貴的客人之一。」

他指向前門時，也注意到不知何故，在那一刻群眾突然又騷動起來，原來他所說的「最尊貴的客人」已悄然現身了。達賴喇嘛就站在前門，兩旁各站著一名身材魁武的保鏢。

總理立即示意尊者上前，與他同台。於是片刻之後，達賴喇嘛也上台了。一到了台上，他便站在隊伍的末端，右手握著紗若的手，左手握著法郎的手。

親愛的讀者，我是不是想太多了，還是說當他以他的獨特笑容看向在場所有人士時，他的確在紗若和我之間意味深長地來回審視了一下下呢？

「證書當然可以用郵件送達就好，」總理在熱情地問候了尊者之後，繼續說道。「但對我來說，不要失去與人的聯繫是很重要的。當然，特別重要的是要向那些在幕後默默工作，並取得非凡成就的人致敬。像德蕾莎修女（Mother Teresa）這樣的名字我們都很熟悉了。然而，重要的不是名字或名聲，而是你為你的工作做了什麼，尊者，您同意嗎？」

達賴喇嘛點點頭。「是的，意圖很重要，」他同意道。

「有善良的意圖想幫助有需要的人，這樣的人很多，」總理繼續說道。「在我們這個繁忙的世界裡，能以有意義的行動將善良意圖貫徹到底，這很不容易啊。瑟琳娜，」他停頓了一下，轉過頭看著她，「妳就是這樣的人。妳是印度的孩子，年輕時移居歐洲並取得了專業生涯上的成就。」

瑟琳娜謙虛地低下了頭。

「妳大可留在那裡就好。但是妳回來了，而且回來之後，妳看到了需求，以及妳能夠做些什麼事情去滿足這個需求。」

總理繼續向來賓說明，由於瑟琳娜的香料包業務大力贊助的關係，每年有數百名青少年得以學習電腦技能。在過去五年，就有好幾千人找到了工作。還有數以萬計的人因此脫離了無情的貧困與壓榨。

雖然咖啡館大多數常客都知道瑟琳娜每天都在樓上辦公室處理生意上的事，但很少有人知道她處理的業務範圍有多廣——或說，她接觸過的人有多麼得多。印度總理本人正是這樣的出身，所以他是特意來感謝她所做的貢獻，而這個事實也讓人對她更加肯定了。

就在大家以全新的敬意與讚賞看著瑟琳娜時，總理向早就在場的三位年輕人做了個手勢。他們有點緊張地走上了講台。

總理點著頭，讓這位名叫羅漢（Rohan）的年輕人安心下來，戴著眼鏡、充滿書卷氣的他與瑟琳娜擁抱了一下之後，便簡單地說起他原本與達蘭薩拉的親戚住在一起，當時環境艱苦，直到他有機會學習電腦技能後才好起來。課程結束後，他很快地在一家電話公司找到工作，現在已經可以養活自己和親戚了。雖然因為成了眾人的目光焦點，他有些害怕，但他談到人生轉折時，那無聲的自豪感是每個人都聽得出來的。

畢明．沙希爾（Beaming Sahil）則以充滿活力的笑容贏得所有人的心。過去，他總在餐廳外面的垃圾桶找吃的，而今已在一家大飯店工作，他很興奮地說，計劃有一天要當上總經理。

接著是雅莎（Aasha），這位年輕媽媽牽著她三歲女兒的手，她說一場鐵路事故奪走了她的丈夫和家庭生活，所有人都深受感動。她也是因為瑟琳娜的培訓和幫助，才能找到工作，遠離流浪街頭的生活。

雅莎說完她的見證後，當場無人不流淚。這三位年輕人所激發出來的深刻情緒，溢於言表。在一陣陣由衷自發的掌聲中他們走下了講台，大家都更加認識到瑟琳娜的工作有多麼重大。然後，總理宣布，除了證書之外，他還要頒發給她一枚社區服務動章。

他對這類場合的戲劇效果顯然瞭若指掌，在眾人密切注視下，他從口袋裡掏出一枚以彩色絲帶固定的金色動章。

「謹代表印度共和國，」他邊走向瑟琳娜邊宣布說：「我授予妳這枚動章，感謝妳為我國人民的健康和幸福做出了巨大貢獻。」

瑟琳娜彎下腰讓總理把彩色絲帶套在她脖子上。她抬頭上看時，眼中有晶瑩淚光。席德上前去抱住她，全場也響起熱烈掌聲和各種讚許的呼聲。春喜太太不由自主地爬上講台，熱情擁抱她的女兒——然後又緊抱總理，幾乎讓他窒息。法郎擁抱瑟琳娜時，她之前的一個學生走上講台，獻給她一大束鮮花。達賴喇嘛則一直看著事情開展，他微笑著、鼓掌著，以由衷的仁慈臨在，全神地與瑟琳娜，還有當場的每一個人同在。

總理從春喜太太的擁抱中掙脱後，在準備離場之前，他轉而面向尊者，問他是否有話要説。達賴喇嘛沉思片刻，然後走到麥克風前，握住了瑟琳娜的手。「我從瑟琳娜還小時就認識她了，」他點點頭。「她一直都保有一顆善良的心，幫助他人，行善。這是重要的事情，不是嗎？」

每次尊者講話時都會那樣，就是在場的每個人都會完全沉浸在他所説的話語之中。而在那一刻，他説的話是強大又不言而喻的。

「政府的認可，」他對著總理微笑。「是非常好的。很棒！但真正的獎賞，」他摸著自己的心口，「是在這裡。」他轉向瑟琳娜問她：「妳感覺到了嗎？」

瑟琳娜咬著下唇，保持鎮靜，點點頭。

達賴喇嘛握了握她的手。「這只是一個開始，」他神祕地說道。「還會有很棒的事情發生。」

不一會兒，尊者和總理的安全人員團隊便護送著他們走出了餐廳，前往各自等候的座車。席德、紗若和瑟琳娜短暫地與法郎依偎了一下，然後法郎便拿起麥克風。

「我們的服務人員即將把食物和飲料送出來，歡迎大家留下來與我們一起慶祝。但是，」他命令式地把手舉高，「希望你們先在原地待一會兒。」

他轉過身去，指向左手摟著席德的腰，右手摟著紗若的瑟琳娜。她笑容滿面，看起來又有異常害羞的神色，當三人一起走向麥克風時，她先看向席德點點頭，又看向紗若。

「還有一件事情想要宣布一下，是比較我個人的事啦，」她掃視了當場聚在一起的所有家人、朋友和同事。「我懷孕了！」

隨之而來的興奮呼聲與掌聲與她獲得總理表揚的時候頗不相同。這裡的每個人都很希望瑟琳娜能得到最大的幸福，也知道懷孕這件事對於她和席德有何意義。紗若看起來也很高興，因為她很快就能與出世的小弟弟或小妹妹見面啦。

## 像一個無形的「心相續」伴隨著另一個「心相續」

他們三人從舞台下來後就讓親朋好友包圍了，同時庫沙里指示服務人員在餐廳四處走動，為賓客送上托盤裡的香檳。艾文．克利斯普林格一時興起，便在鋼琴前坐下，演奏了一段歡快的混合曲。杯觥交錯中，祝賀聲、激動人心的對話聲此起彼落——噪音水平也上升了好多分貝。雜誌架頂層已不再是適合本貓的位置了。

而我也不必多等一刻。就在我的念頭一轉到想要退場時，紗若就來了。她把我從架子上抱起來，摟進她懷裡，然後走向前門，我還以為到了門口她會把我放下來呢。但，並不是，她繼續往外走。我們避開了咖啡館喧鬧的慶祝活動，沿著通往尊勝寺的道路前進。「仁波切，別擔心哦，我會送妳安全到家的，」她保證著，也快速行走著。「我知道妳不想被困在那裡。」

我在她脖子的彎曲處蹭了蹭。已近黃昏，我們繼續走向尊勝寺，一陣涼風自喜馬拉雅山岡格拉山谷吹起，我回想著上一世，紗若和我肯定都發現了我們所感受到的情形幾乎一致——只不過剛好相反。幾天前，我們在瑜伽師塔欽足下所得到的啟示也非比尋常，正如我所感受到的，這些啟示會不斷地讓我們日常的相處特別地有感，好比這一次。就好像生生世世中的相遇和別離，我們一直都有共感——而今也能更加理解——發自內心那份有連結的共鳴，已將平凡的相遇轉變為無價的時刻。

她抱著我穿經尊勝寺大門，走過廣場回家。一到入口處時，她把我輕輕放在鋪路磚上。我出於習慣，便先望向二樓窗戶，我一生中有一大部分時光都在那裡靜觀寺院內外來來往往的人群。忽然間，我看到尊者正俯視著我倆。

我停頓了一會。紗若順著我的目光，雙手合十於胸前，達賴喇嘛也回禮了。當他看著我們的時候，我毫不懷疑他確切地知道我倆是誰，我倆曾經是誰，以及把我們綁在一起，穿越生生世世的錯綜複雜的連結關係。

我走回起居室時，達賴喇嘛正站在中央與丹增和奧力佛交談。聽那話意，他們正在計劃總理近期訪問尊勝寺的最終細節。

奧力佛做完後勤與時間安排後，最後還有一個問題要討論。「關於會後的禮物，尊者，您想推薦什麼書嗎？寂天大師的？」

達賴喇嘛沉思了一會兒。「印度的大師？好啊！可是我不確定他會讀。」

丹增推薦了幾本藏族老師的經典。尊者依舊不為所動。

奧力佛稍微轉身，看向我平常端坐的窗台位置。「尊者貓，我們真的需要那本書啦。」

「修得成就的四爪之書，」達賴喇嘛點點頭。「對，我毫無猶豫！要給總理這本書！」

兩位行政助理選定了作為贈禮的書之後便離開了，只剩下尊者和我。他走到窗台邊，在我身邊坐了一會兒，單單只因為他的臨在，與我如此相近，便讓我咕嚕嚕起來。

「啊，是的，我的雪獅，」達賴喇嘛喃喃道。「最重要的，這就是我希望妳在書中傳達出去的感覺。讓每一個讀到本書的讀者都可以感覺到他們的人生都曾經觸及過『慈愛』。」他伸手來撫摸我。「還有，智慧。每次我們見到佛陀時，都會提醒我們修行的這四個面向。」

尊者說話時，我恰巧又直視著釋迦牟尼佛的壁掛，還在找那四個不同的面向，到底在哪裡啊？

過了片刻，尊者說話了。**「蓮花，棄絕的象徵。」**

對啊對啊！多年來，我一向都很清楚，蓮花出於沼澤污泥，卻有美麗絕倫的綻放，蓮花是棄絕的象徵。若無痛苦，就不會有尋求超越的動力。若無污泥，便無蓮花。但是，我直到現在才領悟，原來畫中或雕像的每一尊佛陀所坐的寶座都是蓮花座。原來這個提醒一直都在，就藏在這麼顯眼的地方！

**「下一個，銀月座，菩提心的象徵。」**又來了，我把每一尊佛或坐或站其上的明亮銀白色墊子視為理所當然，從來沒想過它為什麼在那裡，或者它意味著什麼。但我知道，證悟心、菩提心常常比喻為月光，慈悲心的影響力有一種平靜的、近乎神奇的效果——就像月亮的寧靜光輝灑在人身上。

**「黃金太陽座，空性的象徵。有時會直接顯示出來。如果沒有，也會用暗示的方式呈現。」**

空性可以比作太陽，我也知道啊，因為智慧的耀眼光芒消除了無明的黑暗。許多佛的形象，就像我現在凝視的那個，都只描繪出銀月座，黃金太陽座則用一圈黃色予以暗示。

**「最後是佛、上師、證悟心的象徵。**

當我們向佛或上師頂禮時，不僅是出於對他或她的恭敬心。我們也是在向我們自己的佛性、我們自己的證悟能力頂禮。這才是真正的原因。但是這些事妳早就知道了，不是嗎，小雪獅？」

我感激地大聲咕嚕嚕起來。幾年前我就已經知道這些圖像及其含義，卻從未把它們放在一起過——直到現在。我從釋迦牟尼佛的壁掛開始看，再看到一尊美麗的白度母雕像，再看到文殊菩薩的畫像，我看得到他們每一位都一樣。

「每一尊佛都是我們靈性之旅中四個要素在視覺上的提醒，」達賴喇嘛確認。「對於那些不解其義的人來說，這些象徵沒有任何意義。但對於我們這些理解的人來說——這些意義一直都在我們身邊，提醒著我們。」

正因為有尊者，我才能明白這一點。事實上，所有我知道的、特別有價值的每一件事都歸功於他。他用以開啟每一天的冥想練習，那五小時的靜默是所有一切的源頭，這我可能做不到。但是，「他」做得到。他就是以這種開闊的心態，起而為他所遇見的每個生命造福，而且就從坐在他身旁這毛茸茸的生命——我——開始。

我回想著最近幾週所得知的事情，尤其是那些我總放在心上的人兒究竟與我有何種關聯，我感到了前所未有的深刻感激之情。我發出的咕嚕嚕之大聲也是平生僅見！

我對達賴喇嘛的感激之情是無法用聲音或感覺表達出來的。但是當我轉頭仰望著他時，他便彎下腰來，用額頭抵住我的額頭來回應我。

我們就一直這樣，頭抵著頭，天長地久。久而久之，久至感覺不到自己的身體於何處終，也感覺不到達賴喇嘛的身體於何處始。或說，這種情況也像一個無形的「心相續」伴隨著另一個「心相續」。

遠處傳來警笛哀鳴，機車騎士接近本寺時呼嘯而過。良久，我知道，我們當中有一個會回去做尊者，另一個則會回去做尊者貓。

可此時，於暮色中同在的，唯有寧靜，無邊無際。

# 尊者貓給讀者的一封信

若您想加深對本書某些關鍵主題的理解，我有一些「令貓鬚抖動」的消息要告訴您！

請到到「大衛・米奇」（David Michie）的網站，點擊「免費資料」（FreeStuff）按鈕，您便可下載我的冥想指導小書：《修得成就的四爪之書：冥想》。本下載內容不收費，但系統會提示您輸入您的電子郵件地址，讓您每個月都讀得到大衛所寫的佛教、正念、與大自然重新連結以及相關主題的文章。

您還可以在 FreeStuff 下方找到其它資源，其中包括帶領冥想的錄音以及短篇故事。

警告：請注意，冥想會把您轉化成一塊吸引貓的磁鐵，其實，任何其他與您同住的、有皮毛或羽毛的生物也會對您產生濃厚的興趣。在您靜坐的空間裡，請保持房門半開，以方便其他生命與平靜的您同在。

www.davidmichie.com

# 達賴喇嘛的貓 4
# 修得成就的四爪之書


作　　　者／大衛・米奇（David Michie）
譯　　　者／江信慧
責 任 編 輯／賴曉玲
版　　　權／黃淑敏、吳亭儀
行 銷 業 務／周佑潔、黃崇華、華華
總　編　輯／徐藍萍
總　經　理／彭之琬
事業群總經理／黃淑貞
發　行　人／何飛鵬
法 律 顧 問／元禾法律事務所　王子文律師
出　　　版／商周出版
地址：台北市中山區104民生東路二段141號9樓
電話：(02) 2500-7008　傳真：(02)2500-7759
E-mail：bwp.service@cite.com.tw
發　　　行／英屬蓋曼群島商家庭傳媒股份有限公司城邦分公司
台北市中山區104民生東路二段141號2樓
書虫客服服務專線：02-2500-7718・02-2500-7719
24小時傳真服務：02-2500-1990・02-2500-1991
服務時間：週一至週五09:30-12:00・13:30-17:00
郵撥帳號：19863813　戶名：書虫股份有限公司
讀者服務信箱：service@readingclub.com.tw
城邦讀書花園：www.cite.com.tw
香 港 發 行 所／城邦（香港）出版集團有限公司
香港灣仔駱克道193號東超商業中心1樓
E-mail：hkcite@biznetvigator.com
電話：（852）25086231　傳真：（852）25789337
馬 新 發 行 所／城邦(馬新)出版集團
Cité (M) Sdn. Bhd.
41, Jalan Radin Anum, Bandar Baru Sri Petaling,
57000 Kuala Lumpur, Malaysia
電話：（603）9057-8822　傳真：（603）9057-6622
封面＆內頁設計／傑尹視覺設計
印　　　刷／卡樂製版印刷事業有限公司
總　經　銷／聯合發行股份有限公司
地址／新北市231新店區寶橋路235巷6弄6號2樓
電話：（02）2917-8022　傳真：（02）2911-0053

■2021年11月04日初版　　Printed in Taiwan
定價／380元


著作權所有・翻印必究
All rights reserved



國家圖書館出版品預行編目資料

達賴喇嘛的貓 4 修得成就的四爪之書／大衛・米奇（David Michie）著；江信慧譯 -- 初版 -- 臺北市：商周出版：英屬蓋曼群島商家庭傳媒股份有限公司城邦分公司發行，2021.11　面；公分
譯自：The Dalai Lama’s cat and the four paws of spiritual success
ISBN 978-626-318-056-7（平裝）

873.57　　110017549



THE FOUR PAWS OF SPIRITUAL SUCCESS
© Mosaic Reputation Management (Pty) Ltd 2019
Complex Chinese translation copyright © 2021 Business Weekly Publications, A Division Of Cite Publishing Ltd. arranged through Bardon-Chinese Media Agency
ALL RIGHTS RESERVED